副刊文丛

主编 李辉 王刘纯

上海的时光容器

伍斌 编

中原出版传媒集团
中原传媒股份公司
大象出版社
·郑州·

图书在版编目(CIP)数据

上海的时光容器 / 伍斌编.— 郑州：大象出版社，2018.7
(副刊文丛 / 李辉，王刘纯主编)
ISBN 978-7-5347-9657-9

Ⅰ.①上… Ⅱ.①伍… Ⅲ.①小品文—作品集—中国—当代 Ⅳ.①I267.3

中国版本图书馆 CIP 数据核字(2017)第 330988 号

上海的时光容器
SHANGHAI DE SHIGUANGRONGQI

伍 斌 编

出 版 人	王刘纯
项目统筹	李光洁　成 艳
责任编辑	陈 灼
责任校对	马 宁
封面设计	段 旭
内文设计	杜晓燕

出版发行	大象出版社(郑州市开元路 16 号　邮政编码 450044)
	发行科　0371-63863551　总编室　0371-65597936
网　　址	www.daxiang.cn
印　　刷	北京汇林印务有限公司
经　　销	各地新华书店经销
开　　本	787mm×1092mm　1/32
印　　张	9.875
版　　次	2018 年 7 月第 1 版　2018 年 7 月第 1 次印刷
定　　价	40.00 元

若发现印、装质量问题，影响阅读，请与承印厂联系调换。
印厂地址　北京市大兴区黄村镇南六环磁各庄立交桥南 200 米(中轴路东侧)
邮政编码　102600　　　　　　　　　电话　010-61264834

"副刊文丛"总序

李 辉

设想编一套"副刊文丛"的念头由来已久。

中文报纸副刊历史可谓悠久,迄今已有百年。副刊为中文报纸的一大特色。自近代中国报纸诞生之后,几乎所有报纸都有不同类型、不同风格的副刊。在出版业尚不发达之际,精彩纷呈的副刊版面,几乎成为作者与读者之间最为便利的交流平台。百年间,副刊上发表过多少重要作品,培养过多少作家,若要认真统计,颇为不易。

"五四新文学"兴起,报纸副刊一时间成为重要作家与重要作品率先亮相的舞台,从鲁迅的小说《阿Q正传》、郭沫若的诗歌《女神》,到巴金的小说《家》等均是在北京、上海的报纸副刊上发表,从而产生广泛影响的。随着各类出版社雨后春笋般出现,杂志、书籍与报纸副刊渐次形成三足鼎立的局面,但是,不同区域或大小城市,都有不同类型的报纸副刊,因而形成不同层面的读者群,在与读者建立直接和广泛的联系方面,多年来报纸副刊一直占据优势。近些年,随着电视、网络等新兴媒体的崛起,报纸副刊的优势以及影响力开始减弱,长期以来副刊作为阵地培养作家的方式,也随之隐退,风光不再。

尽管如此,就报纸而言,副刊依旧具有稳定性,所刊文章更注重深度而非时效性。在新闻爆炸性滚动播出的当下,报纸的所谓新闻效应早已滞后,无法与昔日同日而语。在我看来，唯有副刊之类的版面，侧重于独家深度文章，侧重于作者不同角度的发现，才能与其他媒体相抗衡。或者说，只有副刊版面发表的不太注重新闻时效的文章，才足以让读者静下心，选择合适时间品茗细读，与之达到心领神会的交融。这或许才是一份报纸在新闻之外能够带给读者的最佳阅读体验。

1982年自复旦大学毕业，我进入报社，先是编辑《北京晚报》副刊《五色土》，后是编辑《人民日报》副刊《大地》，长达三十四年的光阴，几乎都是在编辑副刊。除了编辑副刊，我还在《中国青年报》《新民晚报》《南方周末》等的副刊上，开设了多年个人专栏。副刊与我，可谓不离不弃。编辑副刊三十余年，有幸与不少前辈文人交往，而他们中间的不少人，都曾编辑过副刊，如夏衍、沈从文、萧乾、刘北汜、吴祖光、郁风、柯灵、黄裳、袁鹰、姜德明等。在不同时期的这些前辈编辑那里，我感受着百年之间中国报纸副刊的斑斓景象与编辑情怀。

行将退休，编辑一套"副刊文丛"的想法愈加强烈。尽管面临新媒体的挑战，不少报纸副刊如今仍以其稳定性、原创性、丰富性等特点，坚守着文化品位和文化传承。一大批副刊编辑，不急不躁，沉着坚韧，以各自的才华和眼光，既编辑好不同精品专栏，又笔耕不辍，佳作迭出。鉴于此，我觉得有必要将中国各地报纸副刊的作品，以不同编辑方式予以整合，集中呈现，使纸媒副刊作品，在与新媒体的博弈中，以出版物的形式，留存历史，留存文化，便于日后人们借这套丛书领略中文报纸副刊（包括海外）曾经拥有过的丰富景象。

"副刊文丛"设想以两种类型出版，每年大约出版二十种。

第一类：精品栏目荟萃。约请各地中文报纸副刊，挑选精品专栏若干编选，涵盖文化、人物、历史、美术、收藏等领域。

第二类：个人作品精选。副刊编辑、在副刊开设个人专栏的作者，人才济济，各有专长，可从中挑选若干，编辑个人作品集。

初步计划先从20世纪80年代开始编选，然后，再往前延伸，直到"五四新文学"时期。如能坚持多年，相信能大致呈现中国报纸副刊的重要成果。

将这一想法与大象出版社社长王刘纯兄沟通，得到王兄的大力支持。如此大规模的一套"副刊文丛"，只有得到大象出版社各位同人的鼎力相助，构想才有一个落地的坚实平台。与大象出版社合作二十年，友情笃深，感谢历届社长和编辑们对我的支持，一直感觉自己仿佛早已是他们中间的一员。

在开始编选"副刊文丛"过程中，得到不少前辈与友人的支持。感谢王刘纯兄应允与我一起担任丛书主编，感谢袁鹰、姜德明两位副刊前辈同意出任"副刊文丛"的顾问，感谢姜德明先生为我编选的《副刊面面观》一书写序……

特别感谢所有来自海内外参与这套丛书的作者与朋友，没有你们的大力支持，构想不可能落地。

期待"副刊文丛"能够得到副刊编辑和读者的认可。期待更多朋友参与其中。期待"副刊文丛"能够坚持下去，真正成为一套文化积累的丛书，延续中文报纸副刊的历史脉络。

我们一起共同努力吧！

2016年7月10日，写于北京酷热中

目 录

序　　　　　　　　　　　　　　伍　斌　1

那条静静的小弄堂　　　　　　　曹　雷　1
当年外滩情人墙　　　　　　　　陈丹燕　6
上海婆婆　　　　　　　　　　　陈荣力　12
上海，一切皆有可能　　　　　　陈祖芬　18
海派派对　　　　　　　　　　　程乃珊　25
初进上海　　　　　　　　　　　邓友梅　30
上海·新天地　　　　　［马来西亚］朵　拉　39
象形文字中的斑鸠

　　［保加利亚］格奥尔基·格罗兹戴夫

　　　　　　　　　　（赵一诺　译）45

大上海的时光容器　　　　　　　　胡建君　50

上海，1951
　　——当时洋画家笔下的外滩　　　李国文　56

在上海目击历史　　　　　　　　　李　辉　65

夜上海的光定位　　　　　　　　　刘心武　70

萧伯纳上海七小时　　　　　　　　陆其国　76

想起上海　　　　　　　　　　　　陆天明　89

复旦啊，请听我说　　　　　　　　潘旭澜　93

上海的天声玉音　　　　　　　　　钱定平　103

相遇老建筑　　　　　　　　　　　秦文君　110

进上海记　　　　　　　　　　　　茹志娟　116

思南公馆的花香与书声　　　　　　沈嘉禄　122

细节中的赵清阁　　　　　　　　　沈　扬　129

呼唤上海的阳刚之气
　　——谈海派电视剧的题材开掘　　生　民　137

忘不掉的刘大白	施蛰存	144
连环画里的上海文化	孙颙	149
小说平襟亚	唐吉慧	155
我的老师们	王安忆	162
上海"老炮儿"	王钢	169
蓝印花布	王勉	175
新竹阿姨和崇明阿婆	王晓明	180
弄丢了的田园	翁敏华	185
台北的"上海热"	吴福辉	189
上海街头	吴冠中	196
书的表情	伍佰下	200
怀念应云卫	夏衍	207
草莓	肖复兴	213
粉墨生涯忆上海	新凤霞	217
难忘天平路	徐城北	222

远方的上海	徐锦江	226
凡人的尊严	薛 舒	231
到申报馆看爸爸	杨 绛	238
上海因酒而来	叶 辛	243
雅致是上海的空气	易中天	246
亲情	殷慧芬	252
上海文明如是说	余秋雨	257
杯中月	喻 军	264
柯灵老人的"孤岛"情	袁 鹰	268
最是长相忆		
——四川北路的文化记忆	张广智	275
上海的春夏秋冬	赵丽宏	284

序

伍 斌

上海作为中国报纸副刊发源地之一,非但成为海内外名家、新手泼洒文墨,经常与读者交笔交心的地方,同时,她的繁华与沧桑、大气与精细、厚重与清徐、美丽与哀愁,本来也是名家圣手格外乐于捕捉和表现的。

有幸得"副刊文丛"青眼,也荣耀于能够加入"用作品说话"的全国知名副刊内容产品展示行列,上海代表性副刊之一《朝花》,在2017年仲春,交卷这本《上海的时光容器》。在这本选集中,上海成为众多名家诚意书写的对象;经由这次遴选成集的过程,那些在近20余年中于报纸副刊上瞬间绽放过的上海"断面",也得以用万花筒式的呈现,重新触碰读者的心灵。如果能给文学和副刊史留下些什么,诚是"朝花"之幸。

在此,略陈"朝花"之美。

1956年创刊的老牌副刊"朝花",接棒延安时期《解放日报》副刊所开辟的群集名家、广开文路、杂雅交错、以小见大的优秀传统,又在不断变换的时代节奏和阅读需求中,于20世纪80年代中后期,确立了新、广、杂、雅四字办刊方针。"朝花"副刊刊名,取意鲁迅《朝花夕拾》作品集中的"朝花"二字,同时采用了鲁迅先生书法。这朵上海滩纸媒界的副刊之"花",自以此名起航后,就幸有巴金、唐弢等一批文化名人大家应邀担任顾问。在1996年、2006年和2016年,纪念"朝花"创刊40周年、50周年、60周年之际,"朝花"分别出版了回顾性、检阅性的作品精选集、报纸纪念专版，推出了经典诗文朗诵会，不同载体的文章目录中名流云集，蔚为大观。叶圣陶、茅盾、郭沫若、巴金、曹禺、夏衍、冰心、丰子恺、唐弢、胡风、王元化、萧乾、汪曾祺、周而复、刘白羽、王蒙、陈忠实、贾平凹、梅兰芳、赵丹、袁雪芬、张瑞芳等文学艺术界大家，都在这个园子里留下了值得品读的篇章或墨迹。60余年来，"朝花"几代几十位历任编者接力传棒，默默耕耘在这一常带露珠的花园，以平淡之心为好文章做嫁衣，广罗名人佳作，同时亦不唯名人，为扶持和培养新人作者倾心尽力。

这一次，"朝花"跻身于全国副刊文丛的大"园子"，拿出的是带有浓郁海上风味的"上海菜"。编选时，我们主要考量作品品质，又顾及作家知名度与覆盖范围，在观点、话题、角度、时段等方面尽可能地做到散点透视、多元呈现。

一些编选时所"遇"到的文中场景、人物和观点，让我印象深刻。杨绛先生在2003年为"朝花"写作的篇章中，首度披露她关于上海申报馆（也曾是解放日报于汉口路的办报地点)的一次童年际遇。她以朴素而富趣味的笔意,描摹10多岁时自己由父亲(当时在申报馆工作)带到报馆附近吃西餐时闹出的"喝汤"笑话,又涉及到申报馆屋顶憩息的场景。90年之隔的这一画面带到读者面前时,想必会牵引出读者强烈的时光倒流感,这是副刊于历史和文坛的收藏功能使然。又如,邓友梅先生1994年撰文回顾他随上海解放大军初入这座城市之时,吴侬软语在各原籍士兵中的谐趣"回响",连同大家第一次在汤恩伯府邸学拧浴缸龙头的喜剧性描述,让人忍俊不禁。作家最后实录战士关于"人去楼在"的一句大白话式的总结——"想得的都得到了,就把江山失去了",又在今日格外入耳、醒脑。穿越历史的目光在作者的笔力背后凝视,这样的文章历经再多年头,依然值得咀嚼。它们也是关于上海时光的最具个性的文学"收纳箱"。

在这本文选中,文坛、艺坛、学界前辈茹志娟、新凤霞、吴冠中等的写人画物,往往突破他们的本职本位本艺,多作个人风格的写情写意和直抒己见。吴冠中拿起文笔竟也如此大气捭阖，不逊拿画笔，新凤霞讲"错买一大一小皮鞋"的趣事比她唱戏还有味道，也都是他们"不务正业"、耕耘副刊园子的见证。

更多文坛中坚力量在这本集子中的露面，并不因为他们名声在外，而是多因了他们对上海之所识所悟、所念所想充满"干货"，兼有文学性、趣味性、史实性，故而拾掇一起，既是"乱炖"，从中见出申城海纳的丰富和积淀的深厚，也是"独脚戏"，成为每一位作家、学者、文艺家写作风格、品位意趣、性格习惯的多棱镜。

写不尽的上海，转不尽的繁花。所有写人文章的此时此地的物事与神采，重新捧读时，又如过"拉洋片"般，将这座城市的历史、人文、时尚连同各自性格化的个人记忆，一帧帧地转出，也契合着"朝花"副刊舞文弄墨总不脱人间情理、事事关心又永含人文目光的追求。

结束这篇序言时，不禁想起柯灵先生1994年为朝花副刊4000期所写的一首七绝——

带露朝花日日新,
烂柯棋局几升沉。
舞文弄墨曾何补,
人间哀乐总关情。

"朝花"走过一个甲子,依然清新带露。"朝花"某种意义上说可为"上海的时光容器",作为办刊新人,我也愿借这一来自选文篇名的集名,祝愿它的"大自鸣钟"长鸣,祝愿它的时光"八音盒"音符不止,祝愿它所收纳涵容的,是时光,是人心,是借助于文墨径自流淌的大美。

2017 年 4 月 13 日于上海

那条静静的小弄堂

曹 雷

在溧阳路离四川北路不远的那段路上,有条小小的弄堂——1335弄。说它小,是因为整条弄堂门牌号码一共只有5个号,而且不知什么原因,3号是没有的。

弄堂虽小,原先却有一个雅号:闲云草堂。也不知什么人给取的。抗战胜利以后,5岁的我跟着爸爸妈妈来到上海,住进这条弄堂5号的时候,"闲云草堂"这四个字就印在门牌上。

我妈妈名"珂云",占了一个"云"字,后来我的小弟弟景行生在这里,爸爸就给他起了个小名叫"闲闲"。这下真的成了"闲云草堂"了。

我们的房子从外面看来,很像上海的二层石库门房,但里面却有着日本式的移门。这里原先是日租界,抗战胜利前住的都是日本人。我猜,是日本居民把石库门房子内部改造过了的。

爸爸妈妈带着我和两个弟弟,就住在楼下右半边的一间前后一隔两半的房间里。前半间爸爸妈妈睡,那儿也是爸爸的工作室和书房;我和两个弟弟就睡在后半间。后来奶奶从乡下出来了,也跟我们住在后半间。再往后面走过一个后天井,有一个与邻居合用的厨房和一个放杂物的小间,那儿也是我们的"马桶间"。

房间的前面,是一片长方形的天井,与住在左半边房的人家各用一半。1946年后,父亲与新闻摄影家舒宗侨先生合作,出版了一部《中国抗战画史》,他用所得的稿酬在右半边天井里盖了一间小屋,这样他才有了自己的书房和写作场所。这条弄堂的1号,是一栋单独的大楼房,在我们这一排房子的前面。建筑本身和气派都比我们的房子高一等级。那里住的人,出入有汽车。我们很少与1号里的人来往。至今,我都想不起来那里的主人是谁,也从没到那栋房子里去玩儿过。隔壁4号整栋房子都是出版家赵家璧先生的家。他家书可真多,我常到赵伯伯家去翻书或借唱片回来,在爸爸从旧货摊上淘来的手摇唱机上放……

再过去就是2号。那里住着好几家人,也有好几个跟我家姐弟差不多岁数的孩子。这3栋房子门前的一排树下的空地,就是我们游戏的天堂。跳房子、跳橡皮筋、拉扯铃、打弹子、刮香烟牌子、抢四角井……名堂繁多,常常玩得要妈妈扯着嗓子叫好几遍"吃晚饭啦"才肯回家。而"不让到弄堂里去玩"则是对我们最大的惩罚。

除了孩子们的嬉闹,弄堂里几乎听不到城市里惯有的那种车水马龙的喧哗。溧阳路本身就是条没有多少车马的安静小路,伴随着每一天的是从早到晚的街头叫卖声,就像那个年月里的时代曲,至今我还能唱上一串。

天井里盖起的书房差不多也就八九平方米大。那些敞开的书架上的书成了对我们最大的诱惑。记得五年级以前，我就看完了《侠隐记》（现译为《三个火枪手》）、《续侠隐记》（现译为《二十年后》）、《块肉余生记》（现译为《大卫·科波菲尔》）、《小妇人》、《鲁宾孙漂流记》等许多世界名著，印象至今仍很深。40多年以后，我担任影片《续三剑客》的译制导演，书中人物一个个重现在眼前，让我又回忆起小时候父亲跟我讨论这本书的情景，见到这些人物就像老朋友重逢一般倍感亲切。

去年，在凤凰电视台工作的景行来上海采访，适逢浙江电视台来上海拍摄浙江文化人的专辑，就邀上我们姐弟重访溧阳路老家。四川北路已经成了一条繁华喧闹的商业街，溧阳路也不复是我们记忆中那么安闲，唯有那条1335弄，与隔弄清源里之间的隔墙虽已被拆除，却仍存留了一份清静。

现在住在5号里的人家，还是保留着天井里的书房。我向他们说起父亲盖这书房，以及在里面写作的情形，他们听来，就像在听天宝年间的故事那么遥远。但是，如今都有了第3代的当年弄堂小友赶来相认，回忆起儿时隔壁弄堂相互扔土块打仗的事，都抚肩大笑，却又好像就在昨天。

（2004年11月22日第14版）

当年外滩情人墙

陈丹燕

从1970年到1989年,打太极拳的人离开以后,他们就渐渐从四面八方赶来,蚕食了整条堤岸,一直延伸到旁边的外滩公园里。无论风和日丽还是阴雨连绵,他们双双对对、密密相连的背影,像一堵加高的防汛墙。1930年在外滩公园由上海人形成的约会的传统,此时不仅保留了下来,而且在20世纪70年代后发展成外滩最亮眼的风景。

他们是外人眼睛里的租界遗韵。凡是来外滩的人，不论是最看不起上海的北方人，还是前加拿大总理，都要来这里看一看站满江边的上海恋人如何在工人纠察队的厉声呵斥下顽强地坚持。1974年的时候，大多数来上海公干的外国人都住在上海大厦，或者和平饭店。一到傍晚，他们结伴去江边看上海恋人。《纽约时报》的记者记录了当时的情形："沿黄浦江西岸的外滩千米长堤，集中了一万对上海情侣。他们优雅地倚堤耳语，一对与另一对之间，只差一厘米距离，但决不会串调。这是我所见到的世界上最壮观的情人墙，曾为西方列强陶醉的外滩，在中国，仍具有不可估量的魅力。"

他们是上海少年心口相传中激动人心的"13频道"。当时上海只能接收到12个频道的电视节目，所有的晚间节目都很乏味。在20世纪70年代长大的少年，看到苏联电影里仅有的一小段瓦西里夫妇的吻别，个个都激动、紧张、害怕得直咽口水，个个都以为自己响亮的咽口水声音已经被别人听去了，羞辱就要降临。突然，有人悄悄告诉他们说，到外滩堤岸上去，就能看到"13频道"。那个频道里,能看到别人是如何谈恋爱的,光天化日之下,全部真人表演。这个消息,就是在寂静生活中爆炸的一颗原子弹。少年们常常结伴去外滩看恋人们,喜欢恶作剧的孩子不光旁观,还努力加入到恋人们中间去。他们装作懵懂的样子,硬挤开一对恋人,在他们中间站好;或者挤在他们身边,瞪着眼看他们的一举一动。有能力引起恋人们的窘迫,让少年们感到某种带有恶意和嫉妒的振奋。

情人们是外滩工人联防队最有兴趣玩弄于股掌之中的猎物。联防队是几个工人组成的治安小组,常常拿着短棍在堤岸上巡逻。公开谈恋爱所牵涉到的风化问题,足以使他们自惭形秽。所以,联防队的中年男人们,只要在他们身后选择合适的机会大喝一声,就足以把他们吓得半死。联防队员要是当众打掉年轻男人悄悄拢在情人腰间的手臂,并大喝一声:"你在做啥!"那对被呵斥的恋人通常只是奋拉着手臂,连头都不敢回。不光他们,连他们周围的恋人们也都默不作声地背对着联防队员,几乎屏住呼吸。有时,联防队员们嫌恋人们挨得太近,就突然出现在他们身后,将手中的木棍插到恋人们中间。从后面看去,他们能看到恋人们的脖子和耳朵因为受惊、羞耻,还有恼羞成怒,已红得要滴血,但还是没人敢回过头来。如果有人敢回过头来争辩,联防队员就可以将他们请进联防队办公室里去,将他们扣下审问,最后,打电话给他们的单位,让单位派人来领他们走。这样,丑可就出大了。那些敢于与恋人抛头露面的女孩子都是年轻的、忘情的,给她们难堪,迫使她们求饶,特别是当她们的面,羞辱她们的情人,击穿恋爱中的女人对情人甜蜜的依赖,这是那些联防队员们乏味生活里的高潮。

说起来,堤岸上的恋人们并没有多少猜想中的甜蜜,他们只是顽强,只是生生不息。

他们甚至是一些同时代的上海恋人们所不齿的,因为那种恋爱的"不体面"。他们的行为里有种公开自己隐私的泼辣低俗,他们无所顾忌地揭露了恋人们局促不堪的爱情生活,他们成群结队在外滩展览,可以说是勇敢,可以说是浪漫,也可以说格调低俗或是粗鲁。另一些上海恋人悄然流行的恋爱地点是从前法租界的几条幽静小马路。

那些小马路还残留着战场般的狼藉,墙上有早几年留下的大字报残迹,大楼门厅前,花园门口,甚至弄堂口,总是红漆斑驳,依稀可辨残存的毛主席语录。

恋人们在人行道上散步,并不当街亲热,也不忘乎所以,甚至不挽着手。但他们周围流动着一种显而易见的默契和甜蜜,他们只是有时轻轻碰碰肩膀,只是轻轻说话,就有种温柔倾泻出来。情人们好像一个休止符号。他们出现,一切暴烈的声音都停顿下来,享受爱情的渴望,宠爱和被宠爱的美好感觉,像陨石一样突然降落在人行道上。所以,他们将迎面而来的男人吓了一跳。

小马路上的恋人们,以自己的清高和计较,注释了堤岸恋人们开放和粗鲁的特征。那种集体的争取爱情空间的心心相印,那种集体舞般的对爱情的分享,成为堤岸恋人特有的回忆。当年的恋爱史都是短暂的,不到几个月,人们就分手,或者结婚了。他们就离开堤岸,投入到各自漫长的生活中。他们一定没有想到,以自己短暂的爱情,竟也为这堤岸制造了一个传奇。

(2007年2月26日第15版)

上海婆婆

陈荣力

1985年我23岁,夏天的时候下乡参加劳动,引发了眼疾。给我检查的县医院眼科医生,翻了半天的眼科书,才期期艾艾地说,大概像视网膜剥离吧。

一向胆小的父亲,这次却十分果断:眼睛是大事,你还那么年轻,一定得去上海!住进医院的第3天,年近60的母亲搭了一辆货车从乡下赶来照顾。问母亲住在哪里时,母亲说住在我家邻居的一个远房亲戚的上海婆婆家里。母亲又说，上海婆婆原想一道来看你，不巧这几天哮喘病发作不能来了。从上海婆婆住的四川路海宁路口到我住的这家医院，中途要转三辆公交车，我不敢想象，不识字又没到过上海的母亲，每天下午3时拎着一个装着饭菜的保温瓶，准时出现在我的病床边，途中会受多少罪。

母亲的受罪和我的祈祷并没有产生奇迹，手术后的第2个月，我的右眼眼疾开始复发，很快只剩下一半的视力，那时我已出院回到了家里。不过，这次手术也并非没有带来一点收获，从病房的病友口中，我知道了当初我住的那家医院的眼科，其实并不擅长视网膜剥离手术，动这个手术效果最好的是上海第一人民医院眼科。

第2次到上海时已是深夜12点，母亲搀着我敲开四川路海宁路口上海婆婆那间不足20平方米的亭子间时，正发着哮喘的上海婆婆还一直在灯下等着。母亲一看到上海婆婆眼圈就红了：婆婆，真不好意思，又来麻烦你了。年逾80的上海婆婆露出一脸慈祥的皱纹：快别这样说了，我们都是同乡，孩子的眼睛最要紧。再说，你们来了我也热闹。一医的眼科离四川路海宁路口并不远,第二天我们就看上了专家门诊。专家的结论让我和母亲稍稍嘘了一口气:因为是复发,必须在一星期内再动环扎手术,否则就没有把握了。我和母亲的这口气尚未嘘匀,顷刻便又陷入了绝望。住院部的人告知:要住院的人实在太多,轮到你们至少得半个月以后。母亲带着哭腔央求了半天,住院部的人依然一脸无奈。

木然地躺在上海婆婆亭子间老虎窗下临时搭的床上,我不愿说一句话。如果说专家的结论是没有希望了倒也死心了,偏偏是有了希望,而这希望明摆着又要变成绝望。在上海举目无亲又没有任何关系的我们,要想在一星期以内住进人满为患的一医眼科病房,几乎没有指望。那时我才真正体味到什么叫绝望。

夜已经很深了,母亲翻来覆去不断叹气,上海婆婆的哮喘声也一阵比一阵紧。突然上海婆婆拉亮了电灯:要不,明天我去找找赵师傅,不知他买不买我这老太婆的面子。母亲呼的一下爬起来:哪个赵师傅?十几年前在这里住过的邻居,在一医做过电工。住在这里时,常到我屋里来坐坐的。婆婆又哮喘起来。

因为婆婆只知道赵师傅搬到河南路桥旁那几幢房子住了，要一幢一幢地去问，又要赶在赵师傅上班前找到他，所以早上6点多一点，母亲便搀着婆婆出门了。3个多小时后，母亲背着婆婆上楼，一进门，大汗淋漓的母亲便对我说：阿三啊，你今生今世可千万别忘了婆婆啊！母亲接下来的讲述，成为此后我生命中永远难以掸拂的一个心结，两个年老的女性为了我眼睛的付出，让我永远无法报答。

母亲搀着婆婆到河南路桥旁那几幢房子后，让婆婆等着，她先一幢一幢地去问。到第六幢好不容易问着了，说赵师傅住在7楼，于是母亲又搀着婆婆上楼。哮喘正发作得厉害的80多岁的婆婆，刚才走了不少路，已没有了力气，她走一档停一歇，走一档停一歇，几乎半爬着到了3楼。婆婆实在爬不动了，母亲便要背婆婆，婆婆起先还不肯，又挣扎了二三档，脸憋得发紫。于是年近60的母亲便背着80多岁的婆婆，一步比一步沉重，一步比一步艰难，一步比一步摇晃地爬到了7楼。或许赵师傅是被这种情形所感动，他答应到一医去通通关系。

第二天傍晚，弄堂里管电话的大妈在下面喊：203电话，203，第一医院有电话！母亲几乎是滚着下楼的。母亲上楼后一下子跪在婆婆面前泪流满面：医院说明天就让我们住院，婆婆，我们怎么报答你啊！婆婆赶紧扶起母亲：快别这样，快别这样。婆婆说着也泪流满面了。从一医出院回家前，我又到上海婆婆那里住了一天。第二天夜里去火车站时，婆婆坚持要送我和母亲到弄堂口……那晚正好下着小雨，婆婆也没撑伞，就那样站在马路边上。走出好远了，我回头望望，细碎的夜雨里，婆婆佝偻着身子还在向我们慢慢地摇手。我的眼泪再也忍将不住。

这些年有机会到上海，我总要到四川路海宁路口去看看、转转，虽然现在那地方已变了很多，上海婆婆也早已在十多年前走了。但恍惚之中，我总觉得婆婆依然站在夜雨里海宁路口的马路边，慢慢地摇着手。我想，在许多的城市中，我最铭心刻骨的城市就是上海。因为上海不仅给了我的眼睛以第二次光明,上海的一位普通老人——上海婆婆,更在我陷入绝境时,给了我生命的感动和温暖。

(2005年10月10日第15版)

上海，一切皆有可能

陈祖芬

1987年，在上海外滩——苏州河与黄浦江交汇处不远的地方，两对恋人正在共享一条长凳。交叉成麻花状的胳臂，让人简直搞不清这麻花里到底有多少条胳臂。小伙子不住地揉姑娘的秀发，姑娘热得汗水和着胭脂，如同化上了戏剧的油彩，这叫"热得快"。一会儿，又挤坐了一位不客气的老者，这对"热得快"只能在1/4的长凳上，背靠背地险坐着。会不会挤得掉下长凳来？

我年轻的时候看过一部保加利亚的电影，叫《当我们年轻的时候》，反法西斯的。现在，我看见了一部可以取名为《当我们年轻的时候》的特大宽银幕电影。这电影是反什么的？当然，是反封建的——明目张胆地恋爱！本来么，既然家里没有房子，就顺理成章地一对挨着一对地谈恋爱。既然没有恋爱场所，就自己解放自己，创造恋爱的"上海模式"。

同学家在富民路，很好的地段。公用厨房的木梁上挂着十来只买菜的竹篮，十来户人家机会均等地享有厨房高空的开发权。又闻常见的话语："侬不客气阿拉也不客气！""公共地方大家好用的！""侬哪能把东西放到阿拉这里来了？""大家勿要吵，呒没意思！""侬吃不消么去寻派出所好了！"

新搬来的张家，三代四口住一间19平方米的屋子。几乎所有的家具、家用电器都兼作隔墙用。一个三门大立柜把屋子一隔两。右边的双人床前挡着五斗柜和缝纫机，左边的双人床前挡着电冰箱和洗衣机。家具上面堆着纸箱、被套，家具下面塞着水桶、米袋。节假日若有亲朋来吃饭,那就是一次把沙发翻到床上,把五斗柜、洗衣机移位的系统工程。

屋外墙上还倒吊着一个柜子,可放些杂物。张家伯伯望着这只空中柜子出神地看着,好像还想看出啥名堂,好像在这楼道的上端还要发射一个宇航站似的。

第二天我去"下只角"的一家住房交换所。这家院子里的自由洽谈区,拉起了一根根尼龙绳。绳上用曲别针、透明橡皮胶、衣夹、大头针乃至细树枝、铅丝、竹片别上或贴了纷纷扬扬的调房招贴。电线杆上更是贴满了调房招贴,好像穿上了一件由各种纸片拼接起来的百衲衣。一行行自行车的车头上,立着一块块硬纸板,上写面积、地段、交换条件等等。有人机械地举着一块调房牌,靠在电线杆上,木木然的,想必是站久了。有人跨坐在自行车上,一手举着调房牌,一手捧着英文书在啃,好像是故意找到这里来锻炼乱中取静的读书功夫。

"'四人帮'不造房子,拆下的一泡烂污!"有人说。

"爽气一点,二调一。"有人举着自家的调房牌一路兜售。

"阿拉房子老正气的。"这位用双手把调房牌搁上头顶。

"侬的房子是不是亭子间？是假四楼？哦！我晓得了，一头高一头低的。低的这头人也立不直的！"

"啥？我有一平方米的地方人是可以立直的。我房子的窗口大。"

"嗨，调房子的辰光么，啥人都想越调越好，啥人都不想吃亏。这种辰光雷锋是呒没的。"

突然，我眼前一黑，有人把他的调房牌像推镜头似的一下推到我的眼前。调房牌写着一调二，大间10平方米，小间6平方米等。一边还气壮地嚷着："6平方米这间可以不要卫生间和煤气！"

明白——他小夫妻俩要和老母亲分开住。小夫妻要住一间10平方米的，设备齐全的。老母亲那间么，只要能把老太婆装进去就是了。

扭曲的住房，竟能把人也扭曲了吗？可怜父母心！愿社会的发展使老人用不着靠子女，子女羞于靠老人，男人不怕女人，女人不赖男人。人是自立的人，家是组合式的家。

这位是初具商品化观念的男性公民,他出售一间22平方米的私房。每平方米的卖价不低于600元。"谈哦?"他喊。

1986年上海有人上书告状,说一间私房每平方米房价高达300多元。1987年这位公民已经堂而皇之地以每平方米600元的高价出售这间破平房。

上海话里,"谈"和"蛋"是一个音。某君一听他这个价格,一笑:"谈啥?蛋炒饭!600元1平方米,22平方米就是13000,再加上1000的税,就是14000!侬倒好赚呵!"

"侬吭没领过市面?"

"乖乖!要么是个体户,阿拉工人是吭没介许多钞票的!"

"侬不看看我这房子在啥地段,走到静安寺只有7分钟!"

商品价格的浮动取决于消费者的心理。"侬是啥房子?"已经几次有人问我了。有这么多举牌子的、叫唤的,还不放过我这个旁观者。

我是啥房子？我是房子？这个住房自由市场上的用语很多都是简化了的，透着紧迫感、急切感。

又有人问我："侬面积多少？""侬是一间二间？""侬有煤卫吗？"

20年后，2007年我又来到当年的"下只角"，走进下榻的喜来登饭店。1987年我来这一带，棚户又棚户，棚户复棚户。何日有出路？做人太辛苦！而现在，这里都是很现代的小马路，两步就能跨到街对过。商场、超市、电影院、老正兴、星巴克，如同一块魔方，想变什么就能变出什么。

上午10点整，走进玩具城，我竟是走进这家新开张玩具城的第一人。

在太多棚户区的年代，在"四人帮"拆下一泡烂污以后，上海太多人苦中取乐。现在，当城市变成大魔方的时候，激发快乐，激活快乐，我快乐地抱着玩具回到我17楼的房间。我的手机响了。"喂，陈小姐吗？"一个我完全陌生的声音。"你是谁？""我是谁并不重要，陈小姐——"我啪地关上手机。我想"我是谁"是很重要的。手机又响又响,我只好打开。"陈小姐你忘了拿走会员卡了。"这次对方速度很快然而清晰地一句就把事情交代清楚,确实"我是谁"并不重要了。我返身就下到3楼玩具城,那位"是谁并不重要"的"我"正站在进口处,举着我的会员卡等我呢,而且笑得那么可爱。对了,这是上海的玩具反斗城递出的第一张会员卡吧。

我又得意扬扬起来,不知怎的就想起当年富民路那位张家伯伯,他出神地望着那只倒吊在空中的柜子,好像看出了啥名堂,好像想在那拥挤的公共楼道的上端发射一个宇航站。而此刻,我拿着上海玩具反斗城的第一张会员卡,心想,上海,一切皆有可能。

(2009年6月20日第8版)

海派派对

程乃珊

喜欢上海有 N 个理由,其中一个就是上海浓烈的充满狂欢气氛的圣诞节,与曾经的"东方巴黎"老上海相比有过之而无不及。这个理由可能会引起很多人诟病——毕竟其中很多是出于商家炒作,且整个氛围太过艳俗,有悖于平安夜传统的静谧、宁和的初衷。但无论如何,这体现了一个城市的开放、自由与繁华。

中国有"冬至大过年"之说,原来西方也是圣诞大过年，难怪老上海称圣诞节为洋冬至。当这个洋冬至初来上海滩的时候，由于包含了一些西方习俗，如轻歌曼舞，在松枝下可亲吻心仪的女孩（不过只限于额头），互换礼物以方便传递一份感情的密码……令刚从封建束缚下解脱出来的年轻人感到无比好奇和兴奋，因此深受欢迎。因为一般中国家庭没有相应的过节氛围，年轻人就自行组合过平安夜，并把圣诞派对作为发挥自己创意和心愿的平台，宗教气氛相应淡薄，并入乡随俗添加中国过节时热热闹闹的传统，由此逐步衍生出具有海派风格的圣诞派对。这其中没有任何商业炒作的元素。派对的场地一般在同学的私宅，绝不会放在大酒店或夜总会等商业场所。

正如东方电台英语怀旧金曲的主持查理林所说，当时一进入12月份，乐队的同学要抓紧排练，女同学则忙着添行头，并准备圣诞派对的佳肴。有些老实巴交的男生会为了找派对女伴而急得满头大汗……同时，每个人还要准备一段自己的拿手节目，到时候在派对上露一手。此外，挑选一份别出心裁的圣诞礼物，也十分考验个人的修养……反正圣诞派对不像中国传统节日的喜庆，只是被动地看堂会，此外就是打麻将和斗酒划拳，反而有种强烈的参与感和互动。

据笔者的妈妈回忆，平安夜前一个礼拜，圣约翰大学的钟楼前（今韬奋楼）就经常聚集着簇簇学生，交换圣诞派对的信息，等着邀请和受邀，一度成为圣约翰校园的一道特别风景和传统。对女同学来说，圣诞的最大压力就是没有收到派对邀请。据说，当时，凡是平安夜没有收到派对邀请而只能待在家里的女同学，当晚是从来不接电话的。

与此同时，商家也摸到了这个洋节日的商机，比如国际饭店每年都会推出圣诞派对，主题当然是圣诞大餐，然后有抽奖、舞会，自然收费高昂。另外百乐门等夜总会的圣诞派对更是品流复杂，青年学生和正派人家子弟都不会涉足。再者，上述场所的派对都由他人安排，只是一种洋气的唱堂会形式，自然不合青年口味。

1949年之后，圣诞派对渐渐在上海销声匿迹了。"文革"前，即使上海教堂依然开放，可是圣诞活动也仅限于在教堂唱赞美诗,更妄论开什么圣诞派对和舞会了。

20世纪80年代初,上海滩又开始听到圣诞老人的《铃儿响叮当》,但家庭圣诞派对还是比较少。我从来都热衷于家庭派对,虽然没大酒店那么豪华,但更温馨、更随意。从20世纪80年代开始,每个平安夜我在家里都举行圣诞派对:自家准备好一锅奶油浓汤和用纯鸡蛋代替土豆的色拉,连色拉酱都是由我先生"秘制"的,朋友们戏称为"严记色拉"。前不久徐俊和曹可凡还来尝过"严记色拉",对其味道赞不绝口。当然圣诞树和圣诞背景音乐是家庭派对不可缺的。

平安夜的活动从下午就开始,朋友们每家带一两个拿手好菜和点心。大家先一路散步到国际礼拜堂。唱赞美诗做礼拜,然后圣诞大餐和派对正式开始。家庭派对中必须要有几个能弹能唱、会搞气氛的高手。如是活动延续到半夜一两点钟,大家尽兴而散。

一眨眼30多年过去了,当年参加圣诞派对的朋友们大都已移居国外。每当平安夜,他们都会打电话过来,一次又一次地回味着在我们家的快乐派对。令我羞愧难当的是,我已经好久没有搞家庭的圣诞派对了,说不出是什么原因。是年纪大了精力不够了,还是生活节奏太快、太忙碌,以至于提不起这份闲情?说真的,而今市场化的派对毕竟省时省力不少。

  不过我知道至少有一个圣诞派对,从20世纪80年代至今坚持了有30多年,那就是圣约翰大学校友会的派对。现任校友会会长、著名建筑师张乾源先生年轻时风流倜傥,每次派对都能邀到好几个Partner(搭档)以解决一些男同学的"女伴荒",曾被同学冠以"快乐王子"之称,如今80好几仍乐此不疲:出钱出力。如今最年轻的校友都要过80了,曾询问过圣约翰校友会的圣诞派对是否还要继续,白发苍苍的老校友们异口同声说:"要!"

  对这些曾经的圣诞派对粉丝而言,这一年一度的狂欢是他们对过往青春无悔的追忆,是他们对生命的礼拜。

(2013年3月21日第12版)

初进上海

邓友梅

渡江战役前夜,正逢我18周岁生日。取得"成年"资格后第一件难忘的大事就是进上海。

从解放战争开始,我就在华东野战军当文工团员:战地宣传,火线鼓动,行军数快板,演出点汽灯。1949年4月22日随部队从八围港渡江,过江阴走常州,驻扎在姑苏城外灵岩山下,紧张排练,准备进军上海。

我五音不全,唱歌跑调,领导不让我参加合唱,也免除了清晨练声。早上人家站在水边"啊啊啊……",我就爬山锻炼身体,站在灵岩山上那块雅名叫"望佛来"的石头旁看太湖晨雾,听古刹钟声,全不顾那石头还有个俗名,就叫"乌龟望太湖"!

5月23日这天起床后又登上灵岩山,站近石乌龟,想混充斯文作首诗,刚想出两个字,就听山下有人喊我。往下一看,团里通讯员正急着冲我招手。我赶忙收回诗兴,跑步下山。问他喊我何事,他说:"司令部通知,整装待命,准备出发。人家都打背包呢,您还在这儿搞小资产情调。快回去吧!"我急忙往回跑,把那两个字也忘了,这首诗至今也没作出来。

当兵的行装易准备,打完背包大家就坐在树下聊天。几个上海人兴高采烈地谈论着将会看到的市容风情,有的许愿要领我们去看大世界,有的答应请我们吃油炸臭豆腐,还有一位得意忘形地唱起了"上海呀本是呀天堂啊,只有快乐没有悲伤……"被组长茹志鹃瞪了一眼,下半截咽回去了。

聊了一上午没有动静,司务长只好打开米袋做饭。

饭吃到一半,却来了命令,叫立即到木渎镇外集合出发。

镇外河边,集中了数十辆美国军用卡车。参谋人员就指着靠边的3辆说:"这是你们文工团的,沿途由团长指挥。马上登车!"

打了多年仗,从来是"拉起两条飞毛腿,赛过神行太保快如飞"。头一回坐上汽车,不由得对上海增加份敬意——到这地方打仗都跟别处不同!

一起行动的是野战军司、政机关。平时行军没觉得这队伍多大,如今竟用汽车摆成了数里长的一字长蛇阵,前不见首后不见尾,威风凛凛,令人自豪。

自豪归自豪,这阵势是否行动方便却值得怀疑。前边的开出去很远了,我们还没启动。车走到昆山天就黑了,而且下起雨来。前边只要有一辆车抛锚,后边就跟着停车。缴获来的这批老爷车什么型号都有,也什么毛病都出。于是走走停停,在车上被雨浇了一夜,天明后还没看到上海的踪影。我不知在正常情形下从苏州到上海汽车要走多久,我们来到上海造币厂门前时恰好走了24小时。

一天一夜，连累带饿，人们已经像被雨打蔫的庄稼，再没有说笑唱歌的劲头了。过了造币厂，路灯唰地亮起来，精神这才一震，都站了起来。从此越走路灯越多，街道越窄，路边便有了观看的群众。先是三三两两，然后成堆成群，最后就人山人海，万人空巷。有聚集在路边观看的闲散市民，也有有组织、有领队、打着小旗、喊着口号的欢迎队伍。汽车越走越慢，终于被围在人海里，寸步难行，原地停车了。车子一停，两边的人群更加围得水泄不通。有的干脆就爬上了汽车和我们来握手寒暄。有人领着高喊："欢迎人民解放军进城！共同保卫大上海！"有人指挥大家高唱《团结就是力量》。我问身边的上海同志："这是什么地方？"

他说："这叫金神甫路！"

在一片欢呼声中，一个中年市民摇着纸旗爬上了汽车，站在车头上大声说："解放军同志，我们这些人并没听谁招呼，都是自动赶来欢迎的。几年前日本投降，我们也这样敞开胸怀欢迎过中央军，可是后来的一切，叫我们上海人太失望了。今天我们把一切希望寄托在你们身上。相信你们不会再叫我们失望,我们团结起来,建设我们的新中国,建设我们大上海!"

周围的群众都欢呼鼓掌。车上都是些经历过战争,出生入死,磨炼得"有泪不轻弹"的人,听完竟纷纷擦起眼泪来。他们大概认为我还冷静,就叫我代表大家说几句作为回答。我跳上车头扬起手说:"上海同胞们,我们绝不会做叫人民失望的事。因为我们就是人民的队伍,是你们中的一员。失去群众就失去了生命。请大家相信我们,考察我们……"人们用掌声和欢呼声把我下边的话淹没。他们喊:"共产党万岁!解放军万岁!"我们车上的人就喊:"人民万岁!共同保卫大上海!携手建设大上海……"

在这里停了有一个多小时,人们主动把路让开,这才又继续前进。车上的人变得精神抖擞,意气风发。一天一夜没进食,数百里路挨雨浇的事好像根本没发生过,再没听谁说起累和饿。

汽车开到一条僻静的街上,这时才听到苏州河北的炮声正急,看到路两旁水湿的地上睡满了全副武装的战士。

参谋人员在一幢极雅致漂亮的花园洋房前向我们招手,要我们下车。下车后领我们进了洋房,他边走边说:"这是国民党淞沪警备司令汤恩伯的公馆。上级命令你们在楼上休息。楼下的同志已经睡了,你们动作轻些,抓紧时间休息吧。"

这是我平生第一次进国民党高官的府邸。进门是间客厅,雪白的墙面,深棕色护墙板,腥红地毯。壁炉中似乎还有余烬,茶几上尚摆着酒杯和洋酒酒瓶,沙发上蒙着白色布套,落地大钟旁摆着精美瓷器,墙上有一张戴将军衔的军官照片,估计就是汤恩伯本人了。有几个战士把地毯卷起一角,远离开沙发,抱着枪睡得正熟,身旁破搪瓷碗中还留有吃剩的水泡煎饼渣……

楼上比楼下更显富丽,每间卧室都用不同颜色装饰。墙壁,地毯,卫生间的瓷砖花饰和颜色都一致,或为淡绿,或用桃红。床上卧具齐全,茶几上摆着点心饮料。人们不约而同用眼扫了扫这些东西,碰都不碰,卷起地毯,放下背包,就地而坐,从粮袋中掏出被雨浇湿的炒面和煎饼，大口地往嘴里填。平时住在老百姓家，不动群众一草一木已经是我们的习惯，但这天却有点不同。不知为什么，人们脸色都有些严肃，连呼吸都显得沉重，一时竟无人说笑。

队长丁峤挨屋通知大家，可以进洗手间去洗脸洗脚，然后休息。我们就拥进洗手间，看到澡盆宽大，便决定四个人一伙，坐到盆沿上放出水后一块洗脚。头一批坐下后，都不知从那里放水。有一位上海同志便自告奋勇来拧龙头，没动手前他叫大家注意看着脚下，说："我现在放水，水够了你们就喊停。"大家刚低下头，只听吱的一声，脚下没有动静，水却从头上泼天盖地浇下来，把刚刚有些干了的军装又浇湿了。连那位"技术员"自己也浇了个透湿，并宣称"这东西有毛病"。幸好这时有位上海出身的女同志从门前经过，进来把水龙头上一个钮往下扳了一下，那水转为从下边水口流出。大家抬头再看，才看出上边另有一个莲蓬头，这水是可上可下的！大家互相指着鼻子，用新学的上海话笑道："侬这个阿木林！"

有人说:"这些国民党大官,把个家弄得这么豪华舒服,得花多少心思,得弄多少钱啊!"

有位同志颇带哲学口吻地说:"想得的都得到了,就把江山失去了!"

大家连声叫好,七嘴八舌地说:"刚才一进门,就有股说不清的沉重感,却理不清头绪。你这一句话给点破了!我们就是感觉这骄奢中埋藏失败!看着这豪华富丽有点恐惧!"

这时教导员李永淮正走进来。他接口说:"有一天中国人都住上这样的洋房,都过得这么舒服,就没什么恐惧的了。我们革命不就为这个吗?今后还有很长的路要走啊!早点休息吧。"

那一晚躺在汤恩伯家的地板上,大家又议论了好久才入睡。

数十年过去了,那一夜的经历仍历历在目。"文化大革命"中,江青的打手们打得我不能入睡,我曾想起这一夜,想起在汽车上向上海人做的保证,想起在汤公馆的那种感触,既恐惧又懊丧并且感到愧疚……

我已多年没去过上海。近来听了上海建设的消息，看到浦东发展的新闻，我又想起那一夜，心情已完全不相同。我感到了振奋和欣慰，觉得青年时代没白过，一生没白活。

为此，我对改革开放的总设计师邓小平同志充满了敬意和感谢！

（1994年5月24日第9版）

上海·新天地

[马来西亚] 朵拉

上海一直在想象里。

那个年代没有机会走进中国大陆,对上海的认识来自书籍,来自印象,也许不能说是印象,究其实,只是一种自我想象。小说和香港连续剧里的上海滩,是纸醉金迷的冒险家乐园,街头巷尾行来走去的一概是活色生香的摩登女郎,商场里上演着企业大亨的勾心斗角,停泊轮船的岸边码头上,那些期盼往上爬的小人物在挣扎拼搏……看着读着，这华洋混杂色彩斑斓的十里洋场呀，上海街头的人物似乎都是红男和绿女，发生的每个故事都关乎风花和雪月，逐渐形成强而有力的诱惑。

老上海有多老？2000年的历史看西安，1000年的历史看北京，100年的历史看上海。在历史的长河里，不过只浅浅的100年。但这100年来多姿多彩的迷人风情仿佛都集中在上海。百年离我们这样近，却又那样远，于是，向往和憧憬便一而再地不断叠高。

老，意味着沧桑，沧桑里蕴含着幻想中的美丽，在时光中凝聚出一股磁石般的诱惑。大陆开放以后接到邀请的第一个文学会议便路过上海，兴奋扬得过高，失望跌得太重，匆忙过客吃饭吃掉太多时间，顾不上观光。再抵上海，变得聪明，先不通知朋友，抵达酒店放下行李，出来即刻到黄浦江畔的外滩闲逛。一回再一回，多次上海行，似乎百看不厌的外滩，巧合的是皆在晚间过去，其中两次还乘船夜游黄浦江。因此印象中的外滩，皆是化了浓妆、贴上珠光亮片才出现，闪烁的灯光里闪现着旅客对上海丰富多彩的想象。

真正上海游是2011年受邀品味上海那次。初秋的9月，终于走过静安寺附近的常德路195号，原名爱丁顿公寓，张爱玲住过，搬出去后又搬回来，现在大家叫它常德公寓。抬头看意大利风格的斑驳阳台，哪一间是65室呢？不过是黄昏，夜色却已降临，跟身边的朋友探询，今天是9月几号？心情便跟着昏黄的光影幽黯失色。16年前的9月8日，张爱玲，一个人在美国洛杉矶的公寓悄然离世。

不知道是住在哪一栋公寓的时候，张爱玲说"公寓是最合理想的逃世的地方"。静中带闹，闹中带静，公寓外边周遭是怎么一回事？公寓里头自己的房子又是怎么一回事？关起门来，隔着窗口你看到外头的人、事、物，但外头的人却看不到你。尤其像张那种时时把心里的窗口也关得密密实实的人，居于公寓有一种心理上的安全感。

多少次要去上海前，自己跟自己说，这回，绝对不再提张爱玲。但人在上海，走路乘车，喝咖啡吃点心，饭局或闲逛，时不时就要和"张爱玲"相遇。回来以后，情不自禁把张又写进上海行的文章。

去年10月的节目早就安排好,连续在国外走来走去,突然接到获奖消息,为抽出3天到上海,之前订好的其中一张机票白费了。在机上翻阅杂志,"新天地"倏地跑到目光里来。

一个以上海近代建筑石库门为基础,将原有的居住功能赋予商业经营功能,把反映上海历史和文化的老房子打造为国际水平的时尚休闲文化娱乐中心的新天地,之所以留意它,是因为有一年无论走到中国何地,到处可见陈逸飞的油画《浔阳遗韵》,乍看为之惊艳,后来想应该是翻版或印刷品。初见新天地,则是在报纸的一则新闻里:一个杂志的创刊新闻发布会,在上海新天地逸飞之家举行。

好奇新天地,但旅游观光不再刻意求抵目的地,没有非去不可的地方,没有非看不可的景物。非不可会变成一种强求。费心安排妥当,一旦计划赶不上变化,情绪不免低落。随缘随意,意外获得的惊喜更快意。这和有没有精力毫无关系。旅途上,看到美景很开心,没看到也不是遗憾，就算是，在这充满遗憾的世界，亦不在乎多一桩。万事都放在可有可无之间，忐忑不安便成绝迹，心态自在，愉悦存在。何况人和风景的相遇，也需讲究因缘俱足。

新天地应该和谁一块去呢？领奖过后的午餐时，坐在旁边的仍是昨天一起晚餐的陈先生，他问我节目过后的下午想到哪儿观光，新天地冲口而出。他点头说好，我叫司机过来载你，同时给你安排一个导游。

我的导游从车子里出来，绿色的长袖衣，胸口印着卡通经典大嘴猴图案，短短的牛仔裤、粉红色的袜子、黑色的包头皮鞋。长发清爽利落束成马尾，单眼皮的眼睛黑白分明，闪着好奇的光彩。可爱漂亮的小姑娘手上拿着我的名片，笑盈盈地告诉我：爸爸要我来给阿姨当导游。

司机放我们在灯光灿烂的新天地。走在昔日上海的弄巷里，周边演绎着现代的文化风情。有人说，到这里是为了感受上海的华丽和蜕变，却也有人称这儿是上海的贵族文化之地，走进来便发现艺术和精致必须以金钱来堆砌。绚烂的霓虹灯影晃得人眼花,你唱我歌的嘈杂音乐声并不悦耳。牵着小导游的手,一颗心霎时变得无比柔软。北里马当路应该是条餐饮街,中式酒楼、西餐厅、日本料理、洋酒吧、中国茶坊、冰淇淋店,不停地停下来拍照。活泼的小女生喜欢弹琴、绘画、书法、唱歌、跳舞、做作业和疯狂地看书。疯狂地看书,我仿佛看到小时候的自己。晚餐上菜前,念小学二年级的她在我随身日记本里写简介,还写了半篇《迷人的秋色》,文章超出小学生的水平。我觉得我爱上了她。

饭后到之前答应她的哈根达斯店,每人选择三球不同口味的冰淇淋。人生际遇很奇妙,人人都批评上海人现实功利,油滑世故,我却在上海感受到陌生人陈先生的温情。做梦也没想到,竟是一个七八岁的小女生来担任我的导游,由上海的新生代带我逛荡上海新天地,这个上海的夜晚定格在甜美冰淇淋的温馨里。

(2014年7月11日第19版)

象形文字中的斑鸠

[保加利亚] 格奥尔基·格罗兹戴夫 （赵一诺 译）

众所周知，上海是世界贸易和经济的重要发展区域，其规模已超纽约。同时，这座城市拥有世界上最深最繁忙的港口，容纳了约2400万人口。我们下榻的酒店坐落在类似于索菲亚的伊兹托克区，离酒店不远处是中山公园，可媲美鲍里斯花园。

中国的寻常男女是什么样的？他们又是如何度过闲暇时光的？

中山公园和我下榻的酒店与地铁站近在咫尺。上海地下有十几条地铁线路，众多地铁站在地下如繁花盛开，热闹和丰富超出我的想象。中山公园站有7个出口和上百家地下商店，就好像把我在索菲亚和保加利亚见过的所有店铺都一股脑搬了过来，让人眼花缭乱。这里到处可见食品连锁店和超市，人群川流不息，喧嚷的人声此起彼伏。地铁站外9层楼高的商场也能通往这迷宫般的地下商场。

地铁站有一个出口直达中山公园入口。公园里有人间奇景。你无法想象，在来到上海的第一个晚上，当我亲眼看到200多个不同年龄的男男女女，手舞足蹈地在公园前的广场上跳舞，惊奇得说不出话来。我想一定是遇到节日了吧，后来才明白，那里天天如此。那晚，我觉得自己感受到了上海城市的脉搏。男人和女人成双成对地跳着舞，却只触及彼此的指尖，多少带几分羞涩却又格外真实。中国风的音乐欢乐而温和。他们的舞步是我从未见过的，从脚尖到脚跟都像猫步一样轻柔，在某种程度上称得上是静谧的移步，同时又出奇地和谐。几十对甚至是上百对舞者快速地旋转着,迈进着,来回往复而不相撞,甚至都不会误触对方。那场景实在优美,令人赏心悦目。他们的舞步似乎很简单,但跳舞的人们不可思议地灵活。这是个自由的舞池,任何路过的人都可以踩着节点随时加入进来。他们不在意音乐,因为他们自己就成了音乐的一部分。

抬头看,拱形的摩天大楼投射出璀璨的光芒。无数光束从大楼的底端射出,如飘舞的蓝绸带一路冲向大楼顶端,在那儿汇聚成一片深蓝色的湖泊,而后仿佛雨点般倾泻,飘落在我们身上。周围30至50层高的大楼流光溢彩,五颜六色的灯光在露台边沿和形似宇宙飞船般的屋顶上炫舞闪烁。

上海的夜晚不是陷入沉睡,而是逐渐苏醒,我的心随着夜色欢腾跳跃起来。我还没有与那些欢乐、开放而友善的人们有过只字片语的交流,然而没有关系,可以忽略语言的障碍,人和人近距离地接触,伴着微笑加上模仿和手势的帮助,就能快速并轻易地和周围的上海人交上朋友。如想问路,也会有几个懂英语的人能为你指点方向。

一个年轻的母亲推着婴儿车加入到跳舞的人群中，她停下脚步，绕着婴儿车开始旋转。我饶有兴趣地观察着这位跳舞的母亲。我们通过手势明白了对方的意思，于是当她跳舞时我便轻轻摇晃着婴儿车里的孩子。小婴儿似乎觉得这是个捉弄他的计谋，突然放开嗓门大声哭叫。当我手足无措时，年轻的母亲微笑着俯身抱起他，然后继续在人群中旋转，这大概是人群中最特别的一对舞伴了。

如果我告诉你，这种欢乐的场面，或者说有氧运动，每晚都会准时开演，你会相信吗？同样的场地，每天早上也挤满了来讨教舞艺，希望能够加入到晚上"庆典"中的人们。

离开上海前的最后一个早晨，我起早来到这里，也许来得太早，舞蹈场地上空空荡荡，没有一个人。我看见一只美丽的鸟，安然地在这里踱步。这是一只深褐色斑鸠，脖颈处还有黑白相间的花纹。在保加利亚的森林中，我从没见过如此模样的斑鸠。而这儿，没有森林，没有野生动物，只有一个人流如潮的公园，斑鸠竟能如此安闲自得。

那天，我在这里还看到一个书法爱好者，他用一支形如拖把的长长的笔，蘸着水，在空旷的地面挥毫书写。晚上将成为舞池的水泥地面上，出现了一个个潇洒的汉字。这是中国人创造的神奇的象形文字。一些好奇的人们围过来看着他写字，并小声读出来，直至字迹逐渐褪去。我相信在我有生之年都无法读懂这些字，也不知道这其中的含义对我这样的异乡人是否有意义。而这时，那只斑鸠还在悠闲地散步，它的脚印，留在那些用清水写成的象形文字之间。

编后：以《巴尔干图书馆》系列作品蜚声世界的保加利亚作家格奥尔基·格罗兹戴夫参加上海作协的上海写作计划，在沪生活两个月后交卷系列散文和诗歌。我们选取的这篇，以一个独特的外来者角度书写了他对上海的印象。

（2016年4月10日第8版）

大上海的时光容器

胡建君

在一个雨天,我从陕西南路地铁站出来,去往长乐路的丰子恺旧居。这栋小楼前些年由其家属重金购回,向社会免费开放。先生一家于1954年搬到这所西班牙式的别致洋房,因二楼阳台有东南、西南两天窗,晨起可看日出,夜间能观皓月,即为之取名"日月楼"。当年,丰子恺顺口吟出"日月楼中日月长"的上联,国学家马一浮随即对出"星河界里星河转"的下联。如今这副对联依旧挂在先生的床榻旁。旧居的每个细节都充满了人情味，令人想见先生风采。即便雨天也有很多访客，有的带着孩子，却非常安静，大家都轻声说话、小心移步。

陈列柜里整齐摆放着先生著述、编译的书，如《护生画集》《开明图画讲义》《开明音乐讲义》《源氏物语》等。二楼阳台上安放着丰子恺曾经睡过的一张短短的小床，长只有一米五八。他当年就是屈着腿脚入睡，又天天在清晨4点起来，躲过造反派的耳目，抱病赶画《护生画集》第六册，以实现弘一法师的临终嘱托。书桌边贴着一张丰子恺书画的1975年乙卯日历的复制品，上面每过一天，便画去一天，到7月30日这天没有再画，可见先生从这一天开始得病了。另一间的墙上贴挂着刘大白作词、丰子恺谱曲的复旦校歌。有访客在便签上留言："泪流满面、震撼心灵"，落款是"复旦人"。再往前走可以上三楼的扶梯，在二楼至三楼的拐角处，贴着丰子恺曾说过的一段话："人生就是三层楼，第一层是物资生活，二层是精神生活，三层是灵魂生活。只有像弘一法师站在三层，像我这种人是二楼的，我脚力好的话，到三楼看看，平时还是回到二楼。"走到二楼阳台的窗边站了会儿，只见金黄的银杏叶在风雨中簌簌地落满一地，别有一番凄凉萧瑟，而旋即又想到先生的话语："人间的事，只要生机不灭，即使重遭天灾人祸，暂被阻抑，终有抬头的日子。"

位于陆家嘴的吴昌硕纪念馆，适合于晴天朗日寻访参观。在浦东鳞次栉比的现代摩天大楼背景下，走过一片灿烂的银杏林，几乎是猝不及防地迎面相遇一座雕梁画栋的高宅大院，那么突兀，又那么妥帖。那老虎窗、短屋檐、青砖红瓦、刻镂花窗，门窗上既有《三国演义》的传统故事，又有法国百合、郁金香等西式图案。这栋中西合璧的百年石库门老建筑会让人误以为是吴昌硕的故居。其实，这栋老宅是先生老友、上海富商陈桂春的"颍川小筑"，吴昌硕曾在此地和朋友切磋画艺。这座大院有幸在当年动迁之时被有识之士力保下来，如今将纪念馆布置在这风水宝地，正可谓是闹市中的一块"繁华净地"。一入正厅，抬头可见吴昌硕弟子沙孟海所题写的"一代宗师"大字匾额，底下安放有吴家后代捐赠的吴昌硕青铜胸像。馆内辟有"吴昌硕生平陈列室""大师画室""作品展示厅"等，可以有幸目睹先生的书画真迹以及生前使用过的座椅、文房用品等，一瞥当年海派风华。还有大量图片资料和影片介绍先生的生平、故里、游历及交往等。

值得一提的是，同样在闹市中求得清净一隅、由名人府邸改建为展示厅的成功范例还有位于汾阳路的上海工艺美术博物馆。此地原为法租界公董局总董府邸，是一座有"海上小白宫"之称的典型法国后期文艺复兴式建筑，通体洁白，纯净而典雅。门前有大片绿地和水池，满目绿意衬着白墙，美轮美奂。馆内除常设工艺品外，常有各类手工艺特展。走累了可以在二楼阳台喝杯咖啡，看看草坪上华丽的传统灯彩与沉默的百年古樟树，可谓"别有天地非人间"。

有些闹市中的展馆也容易被匆忙的人群所忽视。我们多少次在福州路上行走，却不曾注意到路旁那个安静的、别有特色的"上海笔墨博物馆"。这个位于车水马龙的道路边的小型专业博物馆，馆小乾坤大，藏着上海滩两个最老的老字号:"曹素功"和"周虎臣",距今皆有三四百年的历史。馆内有大量制笔、制墨的珍贵史料和传统笔墨实物,令人顿长见识。原来猫毛、熊毛、猩猩毛、石獾毛都可以拿来制作毛笔,原来古代制墨还会加入麝香、黄柏、黄芩、丹参、茜草、皂角、紫草、五倍子、薰草豆、牡丹皮、石榴皮等名贵中草药或植物。怪不得古时在交通不方便的地方,遇人生病时,用古墨磨汁加酒服用,可以止血及治痢疾等。馆内显眼之地还陈列有用13厘米超长黄鼠狼尾毛制成的稀世珍品、价值50万元的镇馆之宝——两支长锋对笔。还有赵朴初题笔称赞的"兰竹"、程十发手书赞誉的"小精工"、吴湖帆定制的"梅景书屋"和张大千定制的"大千选用笔"等等,令人遥想当年海上风雅。另外还有清代康熙、乾隆、嘉庆年间御定的"耕织图""西湖诗""民生在勤诗"等古墨珍品,也有任伯年、钱吉生、吴昌硕等书画名家绘制的"名花十二客""提梁""换鹅""寒香"等曹素功珍贵墨锭,笔痕墨影,满室生香。

"酒香不怕巷子深",位于偏远的长江西路的玻璃博物馆则另有一番特别的布展理念，令人流连忘返。该馆由德国设计师在旧厂房基础上进行改造，大块面大线条大手笔，有种不动声色的极简主义之美，可谓当代博物馆设计的成功范例。如果赶上周末夜场，黑白灰的场馆外景有熠熠的通透灯光，加上文字和字母灯箱的璀璨映射，竟有一种梦幻般的未来感。馆内时时处处可见各种人性化的细节，连门票上都有一个好玩的平面放大镜，可以当作书签。每个展品，都在透明玻璃台面上显示有年代说明、背景介绍，却不碍观瞻。周遭有巨大的LED走灯展现上海玻璃工业史，在波谲云诡、流光溢彩的展厅中，那些古埃及神秘容器、费昂斯护身符、蜻蜓眼纹珠、英国古董酒杯、唐代玻璃器皿、宋元玻璃簪钗、辽代如意花佩等各种珍贵文物，一一呈现眼前，让人看得心底波澜壮阔。

　　每个人都可以有那么一个安静的午后，完全留给自己，全身心地沉浸于大上海的美好一隅，像徜徉在盛满故事的时光容器中，偷得浮生半日闲。

（2013年2月25日第8版）

上海，1951

——当时洋画家笔下的外滩

李国文

我不是藏书家，但却有一本别的藏书家未必有的外国线装书。这是一本画册，是一位外国画家在1951年访问中国时的速写集，其中有一幅外滩的全景，可能因为更接近我记忆中那个从外白渡桥到十六铺的外滩，感到格外亲切，就觉得更应该珍藏了。

尤其经历了半个世纪后,中国发生了许多变化,特别是上海这20年的巨变之后,再来看中华人民共和国成立初期一位外国画家眼中的外滩,就不禁生出一种如毛主席诗句所写的"天翻地覆慨而慷"式的激情。

人老了,就不免怀旧,看到这幅画上的外滩,就涌上来儿时的记忆。那时只是在很特别的日子里,家长才有兴致领我到这里玩的。在那个很小巧的街头公园坐上一会儿,然后,买张票,坐轮渡到对岸,接着,不用买票再乘原船回来,也算是浦江一游了。在浦东那边回首浦西,那些高大气派、鳞次栉比的建筑物给我童年的心所留下来的崇高感觉,是永远也不能磨灭的。

不过,前些年到上海,发现这些大楼,比之对岸如雨后春笋般林立的高层建筑物,尤其东方明珠电视塔和陆家嘴金融区,就有一些相形见绌了。

于是,我更珍惜这份几乎成为历史见证的藏品。

得到这本外国线装书,纯属偶然。那是20世纪80年代后期,民主德国的一家出版社翻译了我的一部长篇小说,邀请我出席该书的出版发行仪式。在柏林的一次见面会上,这家出版社的老总将这本他们早年制作的线装书作为礼物赠送给我。说实在的,接过这本书,我心为之一跳。假如这是与中国文化有渊源关系的日本、韩国,送我线装书,也许不以为奇,但德国一家出版社有做线装书的兴趣,真是难能可贵。

而且,一打开此书,正好是这幅我熟悉得不能再熟悉的外滩风景。虽然,画家把南京路口的原江海关和延安路口的柱形建筑物混为一谈,但大体上仍是我能记起的样子。当时,我真是有点爱不释手了。

看老总一脸郑重的神色,便知道这本画册在他们社里大概是所剩无几的藏品了。可以想象得出,1951年,画册的作者——来自民主德国的画家古斯塔夫·赛兹访问了中国,回去以后,肯定是他的坚持,才别出心裁地一定要出版社仿中国的线装书制作他的画册。由于制作成本较高,而且说不上是什么精品,我想,印数自然不可能多。这样,这本书的收藏价值就在于:第一,外国人不做线装书;第二,在国内,拥有这本书者大概不多;第三,1952年在莱比锡印刷的这本尺寸为

225mm×285mm 的书，经过 30 年的变迁，留存下来的数量，谅也有限，物以稀为贵，大概会成为珍品的。

上海外滩　［德国］古斯塔夫·赛兹

老总在致辞中说，他们认为送中国作家这样一本书是个很不错的主意，希望我能喜欢，而且，也希望我能看到他们出版社对中国文化的倾慕之情。老实讲，线装书是国货，外国出版社要做线装书谈何容易。譬如宣纸、连史纸，和做封面用的坚韧经磨的纸张，以及装订用的线，除非从中国进口，德国自己是不会特意生产的。因此不得不佩服莱比锡终究是世界印刷中心之一，既然打定主意要做，果然就做了出来，连中国年代久远的线装书那种纸质发黄的特点，也模仿得惟妙惟肖。封面做出古旧的颜色，内文用的不知是什么质地的纸张，黄兮兮的，至少放了一百年的书才会变质到这种样子。最令我绝倒的是：他们不知道中国人手工使用的钉书工具——锥子，所以用打洞机打出小孔，也不用丝线，而用窄绸带将书装订成册。

访问期间，我忘了问一句，这位画家是否健在？因为，算了算，那也该是七八十岁的老人家了。后来回国后，我还向美术界的朋友打探过，有谁记得中华人民共和国成立初期来华访问的这位民主德国的画家？没人能回答得上来。他画的有关上海的作品中，除了《外滩》《海军战士》《母与子》，还有《饭店侍者》《女工》。也许在上海多待了些日子，说不定在这座城市里有谁还记得这位画家。

画册中第29幅的外滩全景，是画家笔墨用得最多、气势也最为恢宏的一幅。从画家的视角，我们似乎能够设想，他在上海停留期间，大概下榻于外白渡桥畔的上海大厦。20世纪50年代，这座可能是仅次于南京路国际饭店的高层建筑物，原来的名字好像是叫百老汇大厦，也曾是上海人的骄傲。不过，它的建筑高度，到了20世纪90年代，无论排行是老大还是老二，已经被后来居上的小弟弟超过，根本排不上名次了。尤其在吴淞路闸桥贯通以后，路旁的它，个子突然矮了一截，就更不显个儿了。在我记忆里，一过外白渡桥，这座巍峨矗立的大楼扑面而来，挺有气势的。一直到20世纪80年代，它还是上海人心目中蛮有名气的建筑物呢！

也许画家是从高处俯瞰外滩，于是，那座眼皮底下，作为上海旧社会的标志性建筑——外白渡桥，没有画出桥的钢拱架，便显不出它的特色。笔墨虽有粗快之嫌，但他笔下的黄浦江、苏州河，以及当时水上交通的主要运输工具——基本以民船为主的这个时代特征，帮我们记录了下来。而外滩马路上，那些有名的建筑物，从其大致轮廓依稀仍可辨别出来，直到今天也使我感到亲切。

我还注意到1951年的外滩,虽然画面上是车水马龙的景象,但那些其实数得过来的有限车辆,倒的的确确是一种历史的真实写照。这也许是忠于现实的艺术家所意想不到的实证效果。如同我们读白先勇先生的怀旧小说那样,随着如《永远的尹雪艳》中的交际花远走高飞,随着如《谪仙记》中的名媛贵妇飘零海外。当年随着一大批不能适应新生活的人,或远遁,或匿迹,或消沉,或整肃,退出历史舞台,杳无音信,似乎顷刻之间,就改变了那个纸醉金迷、浮华侈靡的旧上海形象。20世纪50年代初期的上海,真是有一段十分清净的日子,恐怕就不是今天年青一代所能理解的寂寥了。

所以,1951年的上海外滩,画家笔下所表现出的这份落寞是真实而可信的。那时与外滩隔江而望的浦东,从画家所在的上海大厦望去,只是茫茫一片,成为这幅画上的空白,也是再自然不过的事了。然而,谁能想到,50年以后,其实仅仅是近20年的努力,重振雄风的上海出现在世人面前,真是令人刮目相看咧!

这种令人难以预料的速变,我们还可以从这本画册中标题为《北京》的那幅作品中体味到。在高高的城楼下,慢慢踱来的拉煤驼队,那个穿着皮袄的牵骆驼人旁若无人地坦然行走着,当然,还少不了带头的骆驼脖子下面挂着的铜铃,在叮叮咚咚作响。20世纪50

20世纪50年代的北京前门箭楼

年代，那是街头太常见的场景。如今，说一句笑话，在偌大的北京城，也许只有两个地方，可以见识到这种沙漠之舟。一处，当然是西直门外的动物园；另一处，或许就是八达岭长城脚下，老乡用来供游客合影用的那头骆驼模特儿了。

捧着这本外国画家所画出来的1951年的中国，才能更深切地感到过去半个世纪在中国土地上所发生的变化。我之所以愿意珍藏这本外国人做的线装书，除了书籍本身的价值，更重要的是它的启示性，共和国的建设可以从这里看到最初的印迹。

再隔10年，或几个10年以后看看，对比这本画册，外滩又不知该多么辉煌呢！

(1999年10月15日第11版)

在上海目击历史

李 辉

中国的20世纪,可以说是一个革命的世纪。令世人注目的是,一次又一次革命,常常在城市街头率先露出它的容颜。要么轰轰烈烈,此起彼伏;要么突兀而来,却又戛然而止,杳无踪影。不管怎样,那些主要生活在中国城市的外国人,便一次又一次自觉或不自觉地成了街头革命的目击者甚至参与者。

且把目光放在一个美国青年身上。

他走在南京路上。这是1925年的5月30日。"五卅运动"爆发的那天。

他只有17岁,却熟悉上海,熟悉中国,因为他原本就出生在中国四川一个美国传教士家庭。像那些传教士的先行者一样,他的父母一直履行着争取中国人皈依基督的使命,即便走进20世纪,热情和执着仍一如既往。可是,历史却在迅疾变化。这样,当他们的这位叫作约翰·佩顿·戴维斯的儿子好奇地走在南京路上的时候,目睹的便是与传教布道决然相反的场面。

戴维斯1908年出生,在中国读完小学和中学,然后回美国接受大学教育。这天他走在南京路上的时候,还在上海美童公学读书。他在中国看到和感受到的一切都将潜在地影响着未来他对中国的关注。这些影响,将在后来他担任美国使馆官员和史迪威将军的政治顾问时逐渐表现出来。

不知有多少次走在南京路上,但此刻,印象中最为重要的一幕历史,在这位美国少年漫不经心时呈现在他的面前。

他回忆道：当散步在南京路的一条人行道上时，他突然看到前面的大马路上挤满了人。

那时我17岁，好奇心驱使我挤入陌生而默默无声的人群之中，每个人都向几个街区之外的一个大的交叉路口张望着。在水泄不通的人群中，谁也没有注意我这张唯一的白色面孔。

我无声无息地侧着身子一步步在人群中往前挤。在挤过了两三段街道之后，到达了人群的前端。我看到在我旁边和身后的成千上万群众的面前，是上海公共租界的装甲车和手持机枪的英国水兵。这个时候我才认识到，在这场从一切表面现象看来是怒目相视的对峙中，从肤色上说我是处在错误的一方。

由无知的盲目勇气所引发的这一想法，驱使我从群众中走了出来，装作一个散步者的样子走到面前剑拔弩张的地方。我的白皮肤使我得以安全通行。那些手持机枪、面孔绷得紧紧的士兵没有阻拦我。我问公共租界巡捕房的一名英国军官：发生了什么事？回答说，有人煽动暴徒闹事，巡捕打死了几个人。有一个人从那边的房顶上跳了下来。

所发生的事情就是后来被称为"五卅惨案"的事件。

眼前的场面吸引着戴维斯，他不由自主地走到了人群之中。这是抗议示威的游行队伍。想想颇有些特殊意味，一个中国人的反对帝国主义势力的运动队伍中，居然走着这样一个外国青年。"当我在队伍中穿行的时候，没有人向我说过一句含有敌意的话，也没有人对我动手。我之所以能够免于受到伤害，是因为看来我不过是一个无碍于他们的帝国主义的怪人而已。"戴维斯这样解释。

一个美国青年无意中目击到的街头场面，就这样改变着中国的命运。

不过，在这样的场面中，戴维斯只能说是一个旁观者，他毫无参与的意识，远没有达到他后来倾心关注中国的程度。他作为美国使馆官员和史迪威的部下直接介入中国事务，则是后来的事情。而在他之后来到中国的另外一些美国人，如斯诺、海伦夫妇，如史沫特莱，才真正成了参与中国革命的进步人士。到那时，他们的眼睛，将目睹更多的、更为重要的历史场面。

（2000年5月31日第11版）

夜上海的光定位

刘心武

从杭州驱车进入上海,有点"背后观美人"的味道。晚霞落尽,果然璀璨一座不夜城。那都会的夜光,望去有如美人发髻上插缀的七宝钏钗,移步摇动,光华夺目。过几日又乘游轮在黄浦江上畅望,是"正面赏美人"了,锦绣衣衫,芙蓉艳绝,浦西浦东,夜光争辉,说不尽那铅华金粉的魅惑,道不明那闪烁穿梭的玄机。怪不得不少初临申江的外方人士诧讶惊呼:改革开放的中国竟已繁荣到了这般程度!

品一脔可知全鼎之味,观一隅可晓金瓯之贵。上海的夜景已经不仅是一座都会的名片,实际上已经构成了高速发展的中国的一个象征。

显而易见,浦江两岸各幢建筑的夜光,皆有灯光师精心设计,入夜方各炫其艳、自呈其彩。但是细窥之后,就总觉得,似乎还缺乏整体性的夜光规划。

夜上海确实亮丽。

但上海夜光的总定位是什么?

世界上不少城市,在夜光上是有其自己的定位的。比如美国的拉斯维加斯,那是一座赤裸的销金窟,沙砾滩上跃起万丈红尘。如是夜间飞抵此城,未下飞机,从舷窗朝外一瞥,全城夜光立即令人目眩神昏。那是一种非自然、反日常的怪异光影,很少有人觉得那是仙境,因为并不缥缈,倒是把人性深处的物欲给彻底地外化了。它的夜光定位,就是俗艳、妖冶,桃红柳绿,溢金泛银,大量使用横向、竖向、斜向的滚动光,以及跳动闪烁的强光刺激。金字塔般的恺撒宫顶上,利剑般的探照灯光束摆动着直刺天宇。它这样给自己的夜光定位是对的。谁会去那个地方寻求雅致、安谧呢？即使是最规矩的游客，到彼一游，也为的是一睹赌城之光怪陆离。

美国其他城市，在夜光总体格调的定位上，与拉斯维加斯有所区别。纽约，特别是曼哈顿，又特别是时代广场的部分，夜光似乎与拉斯维加斯趣味雷同，但总体而言，纽约的夜光定位还并不是俗艳、妖冶，而是密集稳定、大气磅礴。旧金山，特别是渔人码头一带，夜光则定位于小康之乐的甜腻、温馨。中部城市丹佛，市中心的夜光则又以通透、闲适为主调。

上海的夜光中，我不明白为什么有的摩天楼使用了通体上下迅速滚动的轮廓光。如果是体量较小的建筑物，轮廓或立面使用滚动光，其视觉效果只及于一个街区，无碍于整个城市的夜光总定位，不但无可厚非，还是一种在局域中体现丰富化的做法。但大体量的摩天楼，特别是有一幢几乎从各个角度都能看到的大酒店，它那样刺目地使用通体穿梭的滚动光，究竟只是这幢建筑本身的一个夜光考虑，还是上海规划部门对夜上海总格调设计的一个招数？我个人认为，如果这是城市夜光规划中的一个刻意安排，则有将上海夜光总格调向拉斯维加斯靠拢之嫌，而那样的定位于上海而言并不是合适的。"十里洋场"的"洋味"，窃以为不应该是赌城的那种味道，而应该是以西方古典风味为主体，"洋"在绅士淑女风度，在奢华中要保持典雅，在倡导消费中要抑制炫富。如果这大面积滚动光只是那家酒店的自作多情，我则建议规划部门应在确定夜光总定位后，与其友好协调。

英国伦敦的夜光，至今对滚动光有严格的限制，香港虽然回归已经10年，但在车辆行人一律靠左行和限制夜光滚动方面，大体还沿袭英制。限制滚动光的初衷是保护市民旅客的视觉不致因强刺激而疲劳生厌，也兼保证司机驾车少受干扰而有利于交通安全。现在有的人士或许会觉得这种意识与做法保守、冬烘，但伦敦和香港却也因此在夜光上保持了自己的绅士风格，这一定位看来以后也难改变。

法国巴黎的夜光定位是秀美、浪漫，也几乎不使用滚动光，而是大量使用白光来把那些古典风格的建筑和埃菲尔铁塔的本来面目优美地呈现，但在布光上又绝不追求"四面光，亮堂堂"。这除了节能方面的考虑，也是深谙必须既有光亮又有阴影，才能凸显建筑物的立体感，留下浪漫想象的余地。

上海的夜光应该更多地从西欧汲取营养。其实乘游艇观夜光，还是外滩那些新古典主义和折中主义风格的旧建筑群，以白光勾勒出的剪影看上去是最舒服的，既有历史的沧桑感，也具有返老还童的意蕴。不过，上海的新建筑无论从数量和体量还是气势和花样上，都已经远远超过了外滩建筑群，上海已经形成了新的天际轮廓线，因此，对夜上海光效应的风格定位应该考虑进更多的新因素。

黄浦江畔的东方明珠电视塔无疑已经是上海的重要地标，它的夜光布置也最引人瞩目。现在是用了多色布光、光球闪烁、光梭滚动的手法。其中冷光较多，冷光与暖光的匹配有些突兀。我个人以为目前的这种光效应有点"迪士尼乐园"的味道，似与上海的国门重镇地位并不相称。如何使东方明珠的夜光既庄重又活泼，希望规划部门再组织灯光师细加研究。我觉得上海夜光的总风格定位于童话世界、人间天堂、豪门富贵、小家碧玉、素面朝天等都是不恰当的，对之混沌懵懂，任各个摩天楼自行其是、盲目放光，就更不应该。

城市夜光的总体规划、设计、协调、配置，也不仅是上海一地需要认真研究的课题。祝愿富起来的中国，不是去用夜光炫富，而是以夜光喻示一种新文明的生成。

（2007年6月25日第15版）

萧伯纳上海七小时

陆其国

早春二月的上海,正是春寒料峭、乍暖还寒的时节。冬天的脚步还没有完全收住,冷风袭来,依然凌厉。尤其是凌晨,小火轮航行在江浪起伏的黄浦江上,波浪拍舷,涛声哗哗。这艘小火轮于晨曦中到达吴淞口,从香港驶来的英国"皇后号"轮也刚刚抵达,正泊在吴淞口江面。

小火轮向"皇后号"轮缓缓靠近,不一会儿便停在了它庞大的船体旁。接着，从小火轮上走下几个人，依次登上"皇后号"轮。他们是宋庆龄、杨杏佛及宋庆龄秘书等。他们天没亮从市区出发赶来，正是为迎接时年77岁的英国著名作家萧伯纳，后者偕夫人乘"皇后号"轮漫游世界，由香港抵达上海。这一年宋庆龄40岁。时间是1933年2月17日。

《宋庆龄年谱》记载："是日，做环游世界旅行的英国著名作家萧伯纳偕夫人乘英轮皇后号于晨6时抵吴淞口。晨5时，宋庆龄偕杨杏佛等乘海关小轮前往吴淞口欢迎，并上英轮皇后号访萧伯纳，相见甚欢。后应萧伯纳的邀请，宋庆龄与其在餐厅共进早餐。"

这位1925年诺贝尔文学奖获得者在上海仅逗留七八个小时，甚至没有公开发表演讲，堪称是一次"快闪"之行。萧伯纳七八个小时的上海"快闪"之行后仅一个月，上海野草书屋也以"快闪"的节奏，出版发行了《萧伯纳在上海》一书。该书封面署"乐雯剪贴翻译并编校　鲁迅序"字样，全书共6万8千字。小册子序作者为鲁迅，翻译、编校者则是瞿秋白。"乐雯"原系鲁迅笔名之一，本书瞿秋白和鲁迅同用一个笔名，可见这本小册子于他俩、于读者，意义均非同寻常。

东方世界的未来是你们的

萧伯纳于1856年出生在爱尔兰首都都柏林，迄今正好160周年。他父亲做过公务员，后经商；经商失败后嗜酒成癖，母亲为此离家去伦敦教授音乐。萧伯纳后来移居伦敦母亲处。萧伯纳的戏剧创作使他获得"20世纪的莫里哀"称誉，并于1925年荣获诺贝尔文学奖。中国话剧运动开始初期的1921年春，汪仲贤、夏月润等人曾在上海新舞台上演过萧伯纳的《华伦夫人的职业》。中国话剧奠基人之一洪深，也曾深受萧伯纳戏剧的影响。著名戏剧家黄佐临与萧伯纳更有过多次交往。1937年黄佐临从伦敦戏剧学馆导演班毕业，回国投入抗日行列。临别前，萧伯纳在送给黄佐临的相册上题写道："起来，中国！东方世界的未来是你们的，如果你有毅力和勇气去掌握它，那个未来的盛典将是中国戏剧，不要用我的剧本，要你们自己的创作。"当然，这是后话。

《萧伯纳在上海》一书收录了郁达夫《萧伯纳与高尔斯华绥》一文，其中一则故事广为人道："有一次有一位以美貌驰名欧美的女优曾对他说：'萧先生，你若和我结了婚，生下一个小孩，相貌像我而头脑像你，那这孩子岂不是世上最美丽最有思想的人了吗？'萧说：'万一相貌像了我，头脑像了你，那还了得！'"这则故事凸显出了萧伯纳话语的强烈讽刺性和幽默感。

《萧伯纳在上海》一书还记载，有上海记者问萧伯纳对中国的意见。萧伯纳回答说："问我这句话有什么用——到处有人问我对中国的印象，对寺塔的印象。老实说——我有什么意见与你们都不相干——你们不会听我的指挥。假如我是个武人，杀死个十万条人命，你们才会尊重我的意见。"这番话除了愤激，其强烈的讽刺意味更溢于言表。

只要求见孙夫人

萧伯纳到上海这天,前往码头迎接和想采访他的记者无数。洪深当年作为中国戏剧与电影文化团体代表及《时事新报》的临时记者,就亟盼走近萧伯纳。当时他受几个团体委托,还想请萧伯纳一起吃饭。在宋庆龄、杨杏佛他们乘小火轮去吴淞口迎接萧伯纳时,洪深曾想跟随他们同行,结果没能如愿。他被告知,今天想采访萧伯纳的记者不下200人,均遭拒绝。据爱泼斯坦在《宋庆龄——二十世纪的伟大女性》一书中记述,萧伯纳"只要求见孙夫人(宋庆龄)"。

宋庆龄和萧伯纳在"皇后号"轮上,彼此"相见甚欢"。聊谈有一会儿,萧伯纳盛情邀请宋庆龄去船上餐厅共进早餐。之后整个活动过程,《宋庆龄年谱》如是记载:

10时30分,宋庆龄陪同萧伯纳下船登岸,先赴外白渡桥理查(一作礼查)饭店与同时来沪各游历团团员相见,稍作寒暄。随即赴亚尔培路(今陕西南路)访中央研究院院长蔡元培。12时,宋庆龄陪同萧伯纳来到莫利爱路寓所，并设中式肴馔招待，蔡元培、鲁迅、杨杏佛、林语堂、伊罗生、史沫特莱等出席作陪。下午2时，萧伯纳应笔会之约请与蔡元培、鲁迅、杨杏佛、林语堂等人赴世界学院。3时许，萧复至宋寓所并在寓所花园接见中外记者。约45分钟后，记者相率告辞，萧复与宋等略谈。4时半，宋庆龄偕杨杏佛送萧伯纳返回停泊于吴淞口之"皇后号"轮船离沪赴秦皇岛，至8时许始返寓所。时，宋庆龄与萧伯纳曾就中国局势等问题作详谈。

从宋庆龄登上"皇后号"轮，彼此相叙、共进早餐，到偕萧伯纳夫妇下船，她在船上待了有三四个小时，几乎占了萧伯纳上海"快闪"之行的一半时间。显然，这段时间内，双方肯定不会只为畅叙友谊。没错，这其中确实有"中心主题"——那就是抗议纳粹暴行、抗议日本帝国主义侵略中国，以及"就中国局势等问题作详谈"。

当时由国际知名人士组成的国际性统一战线组织——世界反帝大同盟，决定在上海举行一次远东反战会议，作为其成员及组织者的宋庆龄等希望通过萧伯纳向世界各国进行宣传。

据爱泼斯坦记述，萧伯纳本来不打算下船，他对宋庆龄说："除了你们，我在上海什么人也不想见、什么东西也不想看。现在已见到你们了，我为什么还要上岸去呢？"

萧伯纳为什么不想上岸？据说是身体的原因。而洪深在萧伯纳来去上海第二天，发表于《时报》的《迎萧灰鼻记》一文中的一段话，似乎讲得更客观："据说萧老先生不是怕别的，是怕人家把他当做新鲜物事看，如五腿马三脚蛇之类。我想世界各处的人，这样一睹风采为快，的确是不过一睹风采为快而已，没有什么了不得的意义。拒绝做小市民的欣赏物，萧先生当然是应该的，所以我们不能怪他和轮船公司立下了约，公司应当保护他，不让一切想看热闹的人麻烦他。他那（哪）会晓得，在中国的民众中，也有一部分人，想领受他一点指点，想听他几句公平的诚实的批评与证言，或者还能和他共鸣呢？"该文也收录于《萧伯纳在上海》一书。

但是最后宋庆龄的诚意打动了萧伯纳。10时30分，萧伯纳终于随宋庆龄一行，下了"皇后号"，乘上开往市区的小火轮。

众星捧月般的欢迎

对于萧伯纳到上海，宋庆龄他们显然已做好了欢迎的准备，如小火轮到达市区码头，那里已等候着热情欢迎萧伯纳夫妇来上海的人们，除了记者，不少都是文化界人士，据知聂耳当时也在其中。

当宋庆龄一行陪同萧伯纳离开码头，前往理查饭店会见来沪各游历团团员时，有一辆小车正驶向虹口鲁迅家。那是蔡元培派人去接鲁迅的车，让他赶紧"到孙夫人的家里吃午饭"。当然，主要是与萧伯纳共进午餐。鲁迅最初是从日本友人内山完造那里得知萧伯纳要来上海的。而宋庆龄偕萧伯纳离开理查饭店后，即驱车前往亚尔培路中央研究院访蔡元培。待他们一起到宋庆龄寓所，已是中午12时。而鲁迅乘车来到这里，早过正午，午宴已开始。鲁迅走进客厅旁边一间小屋，看到萧伯纳坐在圆桌上首，宋庆龄、蔡元培、史沫特莱、伊罗生、林语堂等人围桌而坐，吃的是中式菜肴。宋庆龄说："当时林语堂和他（萧伯纳）滔滔不绝地谈话，致使鲁迅等没有机会同萧伯纳谈话。"

饭后大家到寓所花园草坪拍照留念。后来人们看到的宋庆龄、蔡元培、鲁迅等人与萧伯纳的合影，便是这天饭后所摄。

拍过合影，稍事休息，蔡元培、杨杏佛、林语堂等陪同萧伯纳欲前往坐落在福开森路（今武康路）上的世界学院，出席与世界笔会中国支会会员们的见面会。当"白发，白须，高鼻子，粗眉毛，小眼睛"的萧伯纳刚走出宋庆龄寓所，等候在门口的记者们一齐围了上来。担任临时翻译的洪深请大家3点钟派6名代表再来，说萧伯纳先生已答应接见记者。然后萧伯纳便乘上宋子文的小汽车，驱车去世界学院。

那天在世界学院精致的小厅，除了蔡元培、鲁迅、林语堂、杨杏佛，还有梅兰芳、叶公绰、张歆海、谢寿康、邵洵美等人。萧伯纳到那里后，和大家一一握手致意。当翻译介绍到梅兰芳时，萧伯纳不由得朝梅兰芳颔首一笑，幽默地说，我俩是同样的人！他的意思是说，梅兰芳是演戏的，他是写戏剧的，彼此都是为舞台劳作。有意思的是，当时萧伯纳还向梅兰芳请教道：有一件事我不很明白。我是一个写剧本的人，知道舞台上演戏的时候，观众是需要静听的，为什么中国的剧场反喜欢把大锣大鼓大打大擂起来，中国的观众难道喜欢在热闹中听戏吗？

梅兰芳和婉地回答说，中国戏也有静的，比如昆剧，从头到底不用锣鼓。

一旁叶公绰补充道，梅先生演戏就没有锣鼓声，如有声音也是音乐。萧伯纳当时还赞叹梅兰芳"驻颜有术"。约半小时，会见即近尾声。

英国绅士社会的一只蜜蜂

离开世界学院，萧伯纳又乘车回到宋庆龄寓所。看到一群记者仍等候在门口,萧伯纳征得宋庆龄同意后,把他们都请到花园草坪,进行集体采访。

除了直接采访萧伯纳,一些媒体也很想知道沪上文化名人对萧伯纳来沪的反应。马相伯老人答《大晚报》记者问时说,他早年曾访问过英国,萧伯纳是爱尔兰人,"其时爱尔兰正在英国压迫中,禁用其语言,今爱尔兰自治邦得公然提倡,励行国语教育"。"我国人民,方羡慕爱尔兰之恢复独立自主……惟余在国难时期,夙主张人民自救……"这篇答问于萧伯纳来沪当天就刊登出来,后亦收入《萧伯纳在上海》一书。

还有应该一提的是,"一·二八"淞沪抗战中,率部驻守闸北的第十九路军第七十八师一五六旅旅长翁照垣将军,特地致信萧伯纳:

萧伯纳先生鉴:

欣承先生来华,并视察一·二八淞沪战役之遗址,照垣以事离沪,不能陪驾,殊抱歉仄,兹谨赠拙著英文《淞沪血战回忆录》一册,为先生来华之纪念，且使先生亲见强暴者炮火余烬之后，更披阅是册，可知当时被压迫民族浴血苦战，可泣可歌之情况，更仰先生为当世文豪，平日呕出心血，写尽人类喜生恶死之哲学，领导群伦，踏进和平大道，庸讵知际此泰东西竟尚文明之世，我远东尚有此猖獗者，日施其狰狞面貌，残酷手腕，而视人类和平于弁髦耶，然则先生既临此境，复悉此情，对此人类，又不识洒几许慈爱泪也，伏希珍重，翁照垣上。

下午4点半，萧伯纳的上海之行不知不觉已届尾声。像迎接萧氏夫妇到来一样，还是由宋庆龄、杨杏佛他们欢送前者到泊在吴淞口江面上的"皇后号"轮。

萧伯纳在上海的"快闪"之行，在留下自己足迹的同时，也留下了其散见于当时上海各报的思想。这些思想诚如《申报·自由谈》2月19日许杰《绅士阶级的蜜蜂》一文所写："萧伯纳是英国绅士社会的一只蜜蜂，他有刺，他也会酿蜜；不过，他所酿的蜜，却是甜中带酸的。"鲁迅则在《萧伯纳在上海》一书"序"

中说:"萧在上海不到一整天,而故事竟有这么多,倘是别的文人,恐怕不见得会这样的,这不是一件小事情,所以这一本书,也确是重要的文献。"这或许也是鲁迅、瞿秋白以"快闪"的节奏,编辑出版这本书的重要目的吧。

(2016年2月3日第15版)

想起上海

陆天明

前不久北京好大的雾,那雾浓得让人隔条马路就看不见任何物件了。干燥的北京素来少雾,更少有这样大的雾。这一回居然还让它整整弥漫笼罩了一天,让呆站在窗前久久注视它的我,"惊骇"之余,忽然间想起了上海。客居北京30多年的我,时常会没来由地想起上海。这当然和我年老体衰的母亲还生活在上海有关,但这一回的"想起",却和前不久在上海参加了一个"文艺座谈会"有大关系，和会议期间跟一些同行聊起的一个话题有大关系。这个话题是："到底什么才是上海和上海人的典型形象？"

到底什么才是"上海和上海人"真正的典型形象？这难道还成问题吗？是的，我一直觉得这是个问题，而且还认为是个相当大的问题。据我所知，在许多洋人和港台客的心中，上海除了洋人祖先掏钱建的那个外滩，他们更热衷的大概还是"马桶拎出来"的那种小弄堂，小弄堂口的烟纸店(石库门)和烟纸店里的二小姐或三小姐……或者是二小姐三小姐们身上那件依然带着樟木箱味道的盘香杠搭扣旧旗袍和套在长筒玻璃丝袜外头的那双"踩踩"作响的旧高跟皮鞋……他们到上海来往往是"寻这些旧"，也主张"护这些旧"。要不，就是来寻找跟他们洋派生活方式相似的味道，比如户外的咖啡馆啊，幽暗又闪烁的吧台啊，阔大的法国梧桐叶上淅淅沥沥的秋雨啊，等等等等。这是上海吗？是上海，但绝不尽然。是上海的特点吗？是的，但总不能把它当作今日之上海的主要特征。我想这个回答是可以拿近30年来的新上海做佐证的,是无可辩驳的。但这些人为什么总是拿旧上海来代表整个上海呢?总是到"旧上海"里头去体味上海?我常常为之困惑。

同样让我困惑的还有我的那些外地朋友。他们嘴里的"上海人",特别是"上海男人"总让我感觉还是旧时代那种小弄堂里小市民习气极重的上海人。今天在上海,还有这种人吗?肯定有。但这是创造了浦东奇迹、上海新速度和上海新辉煌的今日之上海人的典型形象?肯定地说,不是的。但这些朋友为什么还要这样埋汰上海人?难道他们是故意跟上海过不去?答案也是非常肯定的,不是。

说实话,无论是洋人们或者港台客们,还是那些外地的朋友,他们都不了解真正的上海和上海人,不了解今天的上海和上海人。能到上海来实地看一看的,只是他们中的极少数。而多数人只是凭着旧日的传说和印象,凭着文艺作品的形象,在确认着各自心中的那个"上海"。而我们的不少作品,恰恰习惯在怀旧中盘点上海和上海人,习惯追随张爱玲的情趣和笔调,沉湎在"小开""老勒克""姨太太""三小姐""二房东"的胭粉烟气中，而忽略了"大桥总工程师""隧道开掘工""IT公司老板""证券交易所经理"和"新移民""下岗女工"的奋争。这里确实有一种"误导"，虽然是一种非存心的"误导"。由这种误导，让堂堂一个"大上海"在精神上便不断地生生地被扭曲成了"小上海"，有时甚至成了一个"委琐"的"小上海"。

但，雾总是会消散而淡去。它总是遮不住长安街的恢宏和黄浦江的多彩多姿。缠绕在"什么才是上海和上海人的典型形象"这问题上的雾自然也一定会消散。

为了这个"消散"，我们该做些什么呢？

上海毕竟是中国的骄傲啊。

用这点生硬的不讨人喜欢的议论，来祝贺《朝花》副刊创刊50周年也许是很不恰当的。但这确是一个"外地上海人"的真心话。

（2006年12月18日第18版）

复旦啊,请听我说

潘旭澜

一

多半年来,我无论在家里还是在宿舍附近活动腿脚,都越来越清晰听到"复旦,加油,复旦加油!"的呐喊,时而像海潮,时而如猛雨,就如在运动场上马拉松选手跑近第一赛段终点那样。原来,它的100周年校庆到了。

从20世纪90年代末至今,媒体不时有各种学校校庆的广告和报道。与我直接有关的,就有两所母校——国光中学、培元中学的隆重庆典,相继在2003年和2004年举行,我都用自以为适当的方式表达了感谢与祝愿,却没有写文章。这两所都是中国名校,在当地声誉很高,在海外华人中也颇有影响。然而,我在这两所中学总共只待了4年半,在复旦则已跨入第44年。

在这片送走我15700个日子的土地一隅,有几百箩筐的话可以说。留待以后写部回忆录吧,还不如先写篇文章将此刻想到的话说一说。向脚下新修好的林荫道,向望不到边的建筑群,向相差几十岁的复旦人,向海内外相识相知的校友,向曾经在这一片蓝天下操劳的先哲前贤,向看不到摸不着而又确实可以感知的传统。哪只"耳朵"有意无意听到了,就请拨冗听一听。

二

我住的宿舍区,几十年前还是水田,有一户人家的平房在水田正当中，房前屋后还有小塘和一两条水沟，有几分世外桃源的味道。几经变迁，十几年前成了新宿舍区。我家右手旁马路正对面几百米处，是建成没几个月的二三十层双塔楼。相辉堂后面，听说有好几十幢漂亮的建筑，不但越过已拆掉的古老江湾铁路，并且盖到晒了多少年太阳的江湾机场的一角。

我家往西两三百米，十几年前在臭河浜边造了十几幢研究生宿舍楼，而今变成几十幢本科生宿舍，臭河浜也不臭了。边上就是条件不错的体育场、游泳馆，还有刚刚竣工的壮观体育馆。背后不远，立交架边，有可以散散步、歇歇脚的杨浦——复旦科技公园，还有一大片复旦人杂居其中的公寓楼。我家往北，复旦差点和五角场连成片了。这个在复旦生活过的师生无人不熟悉的五角场，有些人亲热地戏称为五毛场的，地上地下好几层，我几次经过，像变魔术似的，几天换个模样，由破旧、混乱、塞车变得壮观、光鲜、有序了。那些花五毛钱可以"改善"一顿的小吃店早就没有了，再说五毛钱也买不到啥。

不几个月前,有位我同届的物理系老同学来,我要陪他去看新大楼,他说没时间,不用了,就想要看看20世纪50年代的学生宿舍。德庄早已改建,只能看看淞庄。那破旧低矮的淞庄,满足了他的思恋。听我简单说了说我所知道的部分新建筑,他赞叹道:就他所见过的中外大学,变化如此之快,规模如此之大,极为罕有。

同这位老同学夜话,不由得都谈起1952年入学后一段时间,除为院系调整弄走几个学院而惋惜外,更为文、理两大块大师、名家云集而津津乐道。他熟悉理科名教授,知道不少高水平的中青年教师乃至拔尖的同学,而且因为知识面广又天天与我一起吃饭,对文科不少教授也多有了解。说到一些老先生在20世纪八九十年代枯木新花或晚霞余晖,连连说,"我当时就很崇敬",或者"早就应该硕果满枝,名满天下了"。说到不少老先生的长期困厄,或雄鹰被视为山鸡,甚至赍志以殁,都唏嘘不已。我们都认为20世纪50年代第一次评级,复旦全校只有6位被评为一级教授,真是匪夷所思。不是有名震国际的大科学家被评为二级教授吗？不是有些二级教授调北京中科院就升为一级研究员吗？换到外校、外地，不少三级教授都可以评为一级。当年复旦师资实际水准，对名声"理所当然"在它之上的大学，无须多让。从20世纪50年代后期起，理科多半院系，新锐未必能弥补人为和自然的实力减损，当代学科主干人物的实力与数量也有不小提升空间。好在，一些年来，学校方方面面都认识到这个现实，奋力冲刺。新的大楼为设备不断充实提供基础，也就是改善了首要硬件，会为筑巢留凤、筑巢引凤，扶植和吸引更多大师起积极作用。大楼与大师并不相排斥，而是可以相辅相成的。这样，作为经济中心城市的全国前列重点大学，新建筑群的意义，当然不仅仅是与整个城市建设步调相一致而已。

三

和老同学津津有味地谈起彼此熟知的大师，都觉得他们的风范一直在滋养着我们。但我对他说，特别令我敬佩以至深深感动的，是我们都无缘见面、他至今也不太了解的李登辉老校长。20世纪的大学校长，有几位我在读中学时就时常听说。但对李老校长我却是进了复旦才知道他名字的，因为现在的相辉堂当时叫作登辉堂。至于基石上赞颂他的"坚贞硕德"，到20世纪80年代以后才从各种渠道逐渐了解。多一分了解就多一分感佩。他作为在印尼出生的华侨后代，精通多种外语，而不大认识汉语的耶鲁大学毕业生却偏偏回到祖国，到当时校舍、设备、待遇都很差的私立复旦公学。从1906年到1947年，"一生只在复旦，一生只当复旦的教授，一生只做复旦的校长"。多次高官厚禄的机会他从不动心，一口回绝。他开好几门课，一周上课曾多达27小时，如同两三年前到贫困山区当小学教师而"感动中国"的研究生。尤其可贵的是，1913年校舍被军队占用，复旦濒临消亡的时刻，受命出任校长，用信念、用心血、用胆识、用才智、用铁人般的劳作，支撑并发展为全国第一家私立大学。他的无私无我的献身精神，不但感动了学生、教师、校董，也感动了附近居民。不少学生成才以后成了他的得力助手、学校骨干和接班人,复旦得以在艰难困苦中生存和进步。他本有一个美满的五口之家,不料人到中年,孩子们和夫人汤佩琳先后早逝,剩下他孤零零一个人,但他坚决不返印尼与生活优裕的兄弟在一起,还是留在复旦,隐忍非常的悲痛,继续主持校政。他坚持民间立场,顶住最高层的压力,支持学生的爱国行动,以辞去校长职务这最后一张牌,来保护学生。

特别值得说的是他的办学理念、教育思想。李登辉担任校长后,一直将复旦与美国、欧洲发达国家的名牌大学接轨,使复旦学历很早得到外国不少大学的承认。作为深受拥戴的校长,他一向实行民主办学、教授治校,常常在决定学校大政方针时表示,"大家的意见就是我的意见",绝不搞家长制、一言堂。1925年,由刘大白作词的校歌中写道:"学术独立,思想自由,政罗教网无羁绊。无羁绊,前程远。"我看这就是李登辉校长教育思想的表达。也许,这是中国教育界、学术界最早、最明确的光辉宣言,是繁荣、发展大学教育和文化学术所应该追求的境界。前两句8个字，李老校长一位极负盛名的学生1927年的近似说法，近10年来得到广泛称许。第三句7个字，提出这样的口号式的宣言，需要见识更需要无私，不但要不在乎当局怎么看，还要不为个人宗教信仰所左右。作为虔诚的基督教徒，不赞成任何宗教对教育的罗网，这是何等难能可贵的胸襟啊。他所身体力行的，是基督教的奉献精神。根据以上浮光掠影的叙述，我认为李老校长是伟大的爱国者、伟大的教育家，也是奉献精神的楷模，是原复旦和复旦传统的化身。他的业绩、精神、人格，不但将与复旦一同永存，而且将随着他重新被认识被弘扬成为全民族的不朽宗师。使我十分遗憾的是，我知道他的事迹、思想、品格太晚了，没能好好向他学习，多多从他身上汲取精神力量。老同学听了，深有同感。

几年前，复旦先后在一个楼内的贵宾室挂了李老校长油画像，将校园内一条大道命名为登辉路。最近，为百年庆典出版的《复旦的星空》基本上反映了他的事迹和贡献。还单独出版了一套几位校长的传记丛书，其中自然有写他的一本。特别值得提起的是，复旦在校师生经过投票，以超过80%的高票率，恢复李老校长80年前确定的校歌，并且立即传唱。还有，百年庆典也定在9月24—25日，而不是以前50多年里所实行的5月27日。这是对历史的尊重。不过，在我看来，还应该不断提高认识，不断深入继承和发展优良传统。

四

李老校长所奠定的复旦传统，虽然曾经长期从地表消失，但却如坎儿井一样悄悄流淌。这是我得以在这里求学、做工几十年的一个生存要素。要不，很可能早早跌入莫测深渊，以我的个性，也许墓木已拱。我不但生存下来，而且在这里开阔了精神视野，也逐渐懂得固守某些做人的基本道理。也是在这里，我有幸结识了好几千名来自全国各地的优秀青年，其中不少人与我成为肝胆相照的忘年交，让我得到种种帮助、支持和温暖。当然，这里不可能是世外桃源。况且，林子大了什么鸟都有。

那些雨夜梦回无端蹿上心头的事，这里按下不表，只说我今天能在这里写稿子，也该感谢复旦。

复旦啊，如果你不做大航母，大楼的布局也许已基本就绪，而大师肯定还远远不够。你已经培养出大量杰出人才，遍布全国各地和世界各大洲。在新世纪里，要能凭借新的条件，培育出更多英才、大家乃至金牌选手，该多好！

复旦啊，作为长期苟存的一个细胞，我已经成为一缕苍老的流云，而你这位巨人，也许正开始新的青春。但愿你在马拉松第二个赛段，在越来越响亮的加油声中，不断加速。

(2005年9月22日第11版)

上海的天声玉音

钱定平

城市有城市的声音,所谓"市声"。中国诗人对于各种市声特别敏感,我记忆中便有许多美妙诗句。其中,陆游《临安春雨初霁》里的那一句"小楼一夜听春雨,深巷明朝卖杏花",曾经引得我遐想无限,绮思满怀。

许多年以前,我在上海一条深深巷子的一角小楼里住过。白天奔忙琐事,夜晚,利用从日子边儿上剪下的零头料儿埋头读书,准备复旦大学的研究生考试。

在昏黄的灯下，"小楼一夜听春雨，深巷明朝卖杏花"这句诗就经常浮现出来。"小楼，春雨，深巷，明朝，杏花，多么好的一堆意象！明朝？明朝到底有没有杏花卖？"我一边枯寂地这么想，一边眼睛在纸面上搜索着心灵方程的解。

英国随笔作家阿狄生（J. Addison）写过《伦敦的叫卖声》（*The Cries of London*），洋洋洒洒列举了伦敦街头的各种叫卖声浪，有送牛奶的、扫烟囱的、卖煤末的等等，可是，就是没有鲜花的叫卖声，也就未免丢掉了带着香味的一瓣情趣。在我想象里，杏花的叫卖声应该出自一位少女的嘴里："卖——杏花哟！卖——杏花哟！"那声音凄婉轻柔，好似杏花，又不像杏花，只是一个劲执着得那么芬芳，又像花瓣那样容易凋谢容易破碎，多美！清晨，我推开那扇睡眼惺忪的百叶窗，只见小巷子里一位衣衫素净、瘦弱清秀的少女，仰起头来对小楼上的我说："先生！要买杏花吗？今天早上刚刚摘下的……"

当然，这只是美好的想象，不过，姑娘卖杏花的叫声一定好听。我从小听惯了的，是上海从前里弄的各种叫卖声，那真是上海成为上海的一片纶音，多么富有天趣！《缠霍阶》里把声音分成天籁、地籁和人籁。在庄子看来，地籁是许多窍孔发出的声音，人籁则是箫管（如竹）之类的吹奏，天籁最灵异，是自然界自己发送出来的千万种天然声息，没有谁来操纵指使。

充满了自立精神的叫卖声，从前是上海人籁里最色彩鲜明的角色。儿时在大同中学寄宿，有时晚自习下课回宿舍，正要关灯，突然，楼下飘来了卖炒白果的声音："香炒——糯白果，香是香来——糯是糯！"声音苍凉老劲，具有极大的诱惑力和穿透力。同学们一哄下楼，各自用小小的手儿掏出几分零用钱，买得几颗"香是香来——糯是糯"的白果，在灯下仔细而吝啬地吃着。剥开白果象牙色又薄又脆的果壳，里面露出来的便是一颗碧绿碧绿的果，柔柔弹性，吃起来真是又香又糯。后来，在国外待了多年，再也听不到那样味儿喷香甜糯的声音，也好久没有吃到那恰似吴侬软语的白果了。但是，那白果的味儿，还是那么甜蜜，那么隽永地留在齿颊和耳际……

现在,上海的人籁极其丰富多彩,是儿时不能比较的了。随便走在上海大街上,迎面扑过来的就是充满生命力的阵阵声浪。让我最感慨的、也是我最喜欢看的电视节目之一,却是电视台在街上随意的民意调查。就看那些年轻人,回答问题时的那份大方自如,那派坦荡自信,简直浑然天成,比一班造作矫情的演员表演要好看不知多少!有的女郎回答时还会嫣然一笑,顿时就给画面增添了鲜花一朵。特别是,无论上海人还是外地人,他们的普通话居然都说得那么好,叫我这个在北京念过6年书的人自惭形秽。那词汇也大大丰富了:什么"酷""打的""考研""搓一顿"等等,都是少年时闻所未闻的了。年轻人的欢快声浪,充满着生命和热情,折射着时代的进步,在大街小巷组成了上海今天的主流人籁。反衬出同样接受采访的干部和学者们,他们的普通话水平也不见得高出多少。在这一个同国际接轨的焊接点上,就叫人体会到新生命的希望。还有哪,就是那么多有"上海绿卡"的老外,还有那些游客各种各样的语言夹杂在滚滚声浪中,和鸣而又帮衬,形成了一派新上海人籁的变奏交响。这可真是庄子说的箫管之类在吹奏啊!

要说上海的地籁,就更可以如数家珍了。有时,您在幽静得像衡山路那样的地段散步,忽然,您觉得有一阵轻微飘忽的震动发自您的脚下,倾耳便可以听到,那是一片看不见的轻雷:"飒飒东风细雨来,芙蓉塘外有轻雷",便是这种美妙深幽的"轻雷"一阵,在您的脚下无影无踪地滚了过去,远了,远了……您恍然大悟,那原是城市血管里的分子在流动,同人自己的血管一样,把营养和力量输送到上海的四面八方。说来,一座现代化城市,地底下也往往是另一座城市,一片镜面对称的复杂而繁忙的地下世界。上海作为一座初具规模的现代化城市,地底下不知道正埋伏着潜藏着几何沟渠、多少管道、几多线缆。它们也发出各自的声音,以便能同这个伟大时代应和对谈。夜深人静,您似乎能够听得见水声的潺潺,电浪的轰轰,网路的嗖嗖,就在您的住宅下面哩。这难道不就是庄子说的,地下许多窍孔发出的声音吗!

至于说到上海的天籁,那就更为美妙了。上海现在每几分钟便有一架飞机起飞降落,煞是好看。飞机在跑道滑行,只一抬头,顷刻间就已经腾空而起。只见飞机高昂着高贵的头颅,一个劲往上攀升,本身就是一个奋发高扬的化身。飞机向大地道一声"珍重",只用它那洪亮稳健而平稳均匀的宏大嗓门。我更觉得,各种天籁之中,唯有轻轨声最是美妙多情。轻轨不像地铁,不隐藏在地下;它也不似飞机,不脱离热土。她只是在大地之上稍微跳了一个台阶,就给自己定了一个妙不可言的位置。当它从远处隆隆奔驰而来,您先是闻其声而不见其身,给您的是一种刺激的悬念。随着轻微而富节奏感的鼓声,列车来了,又去了,倾吐和吸纳着它对城市的责任和热情,自得和自律。我常常在地面望着轻轨飞驶而过,心里想说:多美妙的钢铁腰肢!款款摆动中还在哼着曲子呢!

中国古人用天声两字来形容宏大的声威,班固《封燕然山铭并序》说"振大汉之天声";玉音则是一种清雅和谐的声音，陶渊明《读山海经》道："灵凤抚云舞，神鸾调玉音。"正在向着现代化迈进的上海哟，你天声玉音都齐全了，那就是上海丰美的天籁、地籁和人籁！

（2003年2月21日第11版）

相遇老建筑

秦文君

建筑犹如一把尺子,能衡量历史和文化,衡量人类对美的理解,表达不同时代的趣味,衡量人心。我对建筑是门外汉,可以说我的尺子是自制的,不标准,但上海的老建筑中有一些曾与我的生命和生活轨迹默默相连,我的尺子只听从我内心的声音。

外白渡桥是我人生中最重要的桥,除了它,我没有用情更深的桥了。我出生那会儿,父母住东大名路325

号，紧挨着外白渡桥，从满月后的第一天起我就被父亲抱出来认识这座桥。以后的那几年，开门见桥，它成了我幼年最亲切的景象，很多梦里都有它。后来搬离了，去新的寓所之前，父母郑重地为我和桥合影留念，照片就贴在新家醒目的地方。在我的心目中，这座古老的桥是看着我长大的长者，也是我精神成长的见证。1971年我获准去黑龙江上山下乡，离开上海之前去了一趟外白渡桥，不仅是和它告别，还长久地坐在外白渡桥不远的地方，看着桥上车来人往，对它诉说难言的迷惘。年轻的时候每个人要确立自我，寻找自己的位置，当时我没有找到方向，却面临背井离乡，成了最心痛的人，而肃立的外白渡桥给了我无言的情感支持。

和我童年生活有关的老建筑还有文庙。当时外婆住在净土街29号，那是一幢有年头的石库门房子，大门黑漆厚木，门上有圆圆的铜环一副。进大门是一个小天井，有客堂间，二楼有安静的内室和厢房。感觉这种建筑的好处是保持对外封闭的合围，身居闹市，大门紧闭就自成一统，好像一个独立王国。

只是通往2楼的楼梯太过狭窄，笔直的，像一条羊道。外婆是小脚，不知她老人家多年来是怎么来回从底楼攀登到楼上的。每次我去探望她，外婆都会殷切地要我陪她一起吃饭，桌子上放满了小碟子小碗，种种菜肴，她还要从瓶瓶罐罐里倒出储存的苔条花生、龙头烤什么的。

有时去的时候挨不到饭点，外婆和我说上三两句话，就急巴巴地到附近的小桥头买点心招待我，有时是一客酒酿小圆子，有时是一对糯米油墩子——甜一咸，有时是生煎馒头、锅贴这一类的，哪怕我刚吃了午饭也要接受。不让买不行，外婆讲究礼数，有客人到，都要走一下吃饭或者吃点心的程序，老少无欺，不然她老人家于心不安。

吃饱了，和外婆说一会儿家常，我会和邻居家的孩子一起去文庙玩。

上海文庙是祭祀儒家文化创始人孔子的，有一个庙学合一的古建筑群。那时的我并不能体味到其中源远流长的儒家文化，只是暗地里仰慕这曾是上海古代的最高学府。还知道文庙好玩，地方大，能在园子里找到新鲜的花草和飞虫。

文庙对外开放的时间不多，我和小伙伴们只好各显神通，有的趁大人不备溜进去，有的冒险翻墙，还有的用其他混进去的方式，反正一帮人最后都能在里面碰头，曲折的过程更让人觉得意趣盎然。其实小伙伴们对文庙里著名的三顶桥、大成殿、崇圣祠、明伦堂、魁星阁等建筑不在意，还奇怪大人为什么都喜欢魁星阁。我们往往会在魁星阁前的池塘及石桥边玩。印象中，魁星阁老是在修葺中，成年后才了解它是中国木构架结构的典型，体现了古代完美的结构工艺。

有一年深秋，是个下雨的日子，我们去文庙，守门的人并不在，小伙伴们全大摇大摆地进去了。那天，文庙像是被我们几个包场了。在无比安静的环境里，我第一次发现里面的荷花池很美，在雨天里有一种特别的韵味，也许是添入了文庙的底气和文脉，有古诗里"留得残荷听雨声"的境界。

当然，哪一次去文庙也不会忘记在文庙附近逛上几圈,看看旁边书摊上的古书,沾一点文气,淘回来几张外国邮票,还有泛黄的小人书,都有烟纸店封存已久的气味。

后来,净土街的石库门房子拆了,外婆家搬走。从此说起南市区,说起老西门,我唯一的牵挂好像就是文庙了。

多少年后,我调入出版社工作,有一次为了取稿费,去新华路上找邮局。明明是第一次抵达,感觉却是熟稔到极点,呼之欲出的亲切。觉得这条路很是通透,干干净净的,沿街的小洋房把明媚的花园向外敞开着,宁静安谧之中又有着俏丽单纯。尤其是弄堂里的那些老建筑群,令我兜兜转转,在那一带走了好久,总感觉哪里有隐隐的琴声在招呼我。

从一个小寺庙发展而来的新华路被称为"外国弄堂",那里有英国乡村式花园住宅,白色的粉墙露出黑色的木框架。有法式风情风格建筑,布局上突出轴线的对称、恢宏的气势,廊柱、雕花、线条,制作工艺精细考究,屋顶上多有精致的老虎窗。这一群老洋房多带有庭院,庭院四周植物茂密,成为主角,房子好像成了绿树中的美妙点缀。

为了这份好感,我把家搬到了附近,从此把这条路看成是"自己的地方"。我爱在夜间散步,新华路的夜晚如散淡柔美的美少女,灯光下有优越的风情,比白天迷人多了。

一座城市要有骄人的面貌和深厚的底蕴,最金贵的东西有两条——文化品位和历史沿革。横跨世纪的上海优秀老建筑已经越来越少了,它们真是应该被当成一颗颗亮丽的珠子那么精心保护的。

(2015年4月27日第8版)

进上海记

茹志鹃

南下进军的第 4 天

想起 1946 年,两淮失守时,我到北方来,开始感到最新鲜的是用石块起的房子,女的头上的包头(头巾)是长长的一块黑纱,结子是打在一旁的,像京戏里唱悲旦的,长长的银耳环,一双伶仃的小脚,脚脖子上紧紧地扎着大红大绿的阔带子。今天是经过丘陵地带,说是要走两三天，才得完。爬上一个较高的丘顶望去，一望无际，无边起伏的土地，好像是给人民解放大军向南进军的威力震撼似的。

第 6 天
············

5 月 25 日

晚上苏州到上海的公路上，移动着一条灯龙，卡车一辆接着一辆，拖了几十里长，车上做着些伪装，这是人民解放军在向上海挺进。上海，这个东方伟大的都城，记得我离开它的时候，它是一个可怖的城市，我呢，也是一个软弱地流眼泪的女孩子，偷偷地离开了它。现在，我光荣地以主人翁的姿态回来了。6 年，在这 6 年中，我经过多少事情。人民，战争，党的手把我抚养得坚强了。今天我回来了，真像是个梦。

5月26日

汽车整齐的行列渐近上海了,我坐在汽车上任它颠着,心里想,这是一个中国人民大翻身的标志,是中国革命的一个里程碑,而我也在这其中翻身了,也是人生中的一个段落,一个起头。

汽车已驰骋在苏州河畔了,也不颠得慌了,大家就站起来看看上海的外貌,老百姓对我们很热情。在我们对面开来一长列的公共汽车,司机都伸出头来向我们打招呼,摇着小红旗,喊着些什么。这些司机,以一种尊敬和新奇的眼光投向我们的司机,微笑着,表示对同行的革命者欢迎。

汽车经过一个工厂。厂门口,有许多人站着看着这一列划时代的伟大行列,工人们都兴奋地跳着。有一个工人,跳着,自己一个人大喊"解放军万岁""共产党万岁",我们车上的人也报以热烈的掌声。沿途有群众鼓掌欢迎,他们在欢迎他们的救星——人民解放军。解放军以主人翁的姿态进入这人民的大上海,我也以主人翁的姿态回来了。6年前我是做梦也想不到在6年后我会这样：本来是一个谁也瞧不起的穷孩子，走在路上以清高来维持自己在冷眼下的自尊心，现在居然在这么多人的欢呼、欢迎中回来。这是因为我这6年的光阴是这么度过的，起了一个如何的变化——质的变化。这6年，伟大的中国共产党把我变成一个不再流眼泪不再悲观，不再为一个爱人或一个亲人而痛哭流涕的革命女战士，毛泽东的文化兵，光荣的共产党员，人民的好儿女。

附记：

在妈妈的旧日记本里，找到这几日的日记，这是解放军进上海的时刻。于我妈妈来说，是离别6年以后再回到这个城市。她是在什么样的境况下走出上海的？她曾经也写过，但比较详细的描述却是在一份不知什么原因而废弃了的草稿中：

"我那时从武康中学，得到了一张初中毕业的文凭，带着一身疥疮来到无家可归的上海,住在哥哥的朋友家里,整日为一个饭碗而惴惴然惶惶然。记得每天的大事,便是看报纸的招聘栏,徘徊、焦虑、矛盾地掂量。在朋友的鼓励下,自己也曾去一个招聘演员的剧团试过运气……后来总算通过朋友的父亲,在慕尔鸣路(旧称)上一个石库门的私人小学里找到了一个职务。校长是个女的,带着俩女儿办了一所小学,聘用的教师不多,工资低得可怜,大概还不够吃一顿饭的钱。好在学校供应一餐午饭,这倒是实实在在的进账。不管米价怎样飞涨,到了中午放学以后,几个老师便可以围在拼起的课桌边,坐在学生的小矮凳上,缓缓地伸着筷子,急促地吞着米饭;文雅而有效率地吃上午饭,做完人生这紧要的一课以后,便又埋头坐在灶间批改作业,为晚饭的工资而奋斗。

"校长不但懂得教育,而且也极懂得当时的生活程度,所以在放学之后,还介绍老师去学生家里做家庭教师,所得报酬和学校的工资一凑合,晚饭钱就差不多了。

"校长十分严格,查教师批改的作业极勤。记得当时我为了和哥哥一起去解放区的事,未能及时批改学生的作文,她找我婉转地提了意见。那时正临近教师下学期去留的大事,那真是兢兢业业、提心吊胆的日子啊!其实那时已决定和哥哥一起去投新四军了,可惜认识极差,认为自己投奔了去,革命要不要我还是个问题,如果不要退回来,留下这只饭碗还是安身立命的后路,加上还有一个面子问题,所以几天坐卧不安,心神不定……一天吃完午饭时,细心而崇尚礼貌的校长先生竟在每个教师面前直接放下份红通通的聘书,顿时我的心狂跳起来,如果大家都继聘了,独独没有谁,对谁都是不好受的,难堪的!结果,她走到我身边,也放了一份在我面前。啊!真是从内心的感谢。这一镜头后来在去苏中的路途中曾经多次出现在我的脑际,虽说是一条退路,其效果恰恰是让我更加勇敢,毫无顾虑地,放心大胆地闯向前去……"

我妈妈就是这样去了苏中,6年之后,随了南下大军回到了上海。

王安忆　1999年4月3日上海

(1999年5月28日第15版)

思南公馆的花香与书声

沈嘉禄

早在思南公馆这片旧房子改造之始,我就深一脚浅一脚地闯入工地现场看究竟。当时工人师傅也不知道这些房子会派什么用场,我更猜不透,但是"比新天地档次更高"的思路是听说了。后来思南公馆正式亮相,我与太太多次光顾,喝过咖啡,买过几样小摆件,在龙门雅集的画展流连忘返,当然也拗过造型拍过照。后来我还与漆器收藏家刘国斌、女中音歌唱家王维倩在一家会所里做过关于大漆艺术的讲座,上海老歌与当代漆艺果然让听众惊艳了一把。更多的逗留,是我在那里采访一些艺术家,咖啡、惠风、鲜花,思路活跃。思南公馆的环境优雅静谧,气氛和谐,人们在那里坐下,搁下烦恼,希望通过一份超越时空的感觉进入上海往事的细节之中。

后来有文学会馆和作家书店的进驻,许多人认为这是水到渠成的好事。文学会馆的琅琅书声抑扬顿挫而不夸张,整修过的老洋房恰如一个迟暮美人,从午睡中醒来。我在文学会馆参加过几次活动,有时是主角,有时是配角,每次都非常愉快。有一次一位美女粉丝还向我献了花,让我不知所措。文学会馆的讲座有时通俗,有时专业,但都有忠实听众如约而至。由作家协会主持的思南公馆读书会办了一年了,拥有了众多粉丝,文学的精神为这个时尚地标增添了文化内涵和魅力。

上海走到今天,应该而且可以将最好的地方腾出来,安放一张书桌。上海人有读书的便利之处与习惯,出版社和书店云集,作家们也爱在上海观察、思考和写作。即使在文化荒芜的时候，上海人也千方百计地找书看。比如20世纪70年代，在小青年中流行过一阵手抄本，既有《一双绣花鞋》这路传奇，也有《第二次握手》这样的主旋律。我也向同学借来看过，弄堂口、菜场里，两相交接时瞻前顾后，就像地下党交换情报。后来民间文学不过瘾了，我就从同学那里借外国名著来充精神之饥，读到精彩段落就抄下来供日后反刍，后来还整本地抄过《普希金诗集》《莱蒙托夫诗集》及海涅的诗歌集。

我的手抄本生涯顶峰是将一本《茶花女》的缩节本抄了下来。这本《茶花女》是同学从他哥哥那里"偷"出来借我看的，限定3天后归还。我翻了几页后当即起了野心，抄！虽然经过浓缩，但也有五六万字。我买了两本黑封面的笔记本，从早抄到晚。在家里，我躲进小阁楼里抄；在学校，我就在课堂上堂而皇之地抄。此前的好几本手抄本都是在嘈杂如茶馆的课堂上完成的，此次我想老师也会放我一马吧。

呵呵，班主任连眼皮都不朝我这边翻。亚芒与茶花女的故事在我笔端催人泪下地演绎着,叫我唏嘘不已。我不明白,这么漂亮的姑娘为什么最终会扑向一个老公爵的怀里。3天后的下午,最后一堂课是语文课,讲《别了,司徒雷登》。在大家极为夸张的朗读声中,茶花女在美人帐中咽下了最后一口气。就在这个当口,教室门被硬脚头踢开了,冲进来几个工宣队员,一把夺走了我的手抄本。

8年后,我买到了解禁的《茶花女》,捧在手里热泪盈眶。

20世纪70年代末,上海人又迎来了一波波澜壮阔的读书浪潮。此时每一种外国名著重印上柜,新华书店门口就会排起神龙见首不见尾的长队,市民们如饥似渴地阅读着,神色异常兴奋。同时在市区繁华地段还自发形成了图书交换市场,在四川中路新华书店总店、福州路旧书店、八仙桥新华书店等处,每天下午都会汇集几十上百人,大家将刚刚看完的图书与他人交换,这样就可以用一本书的钱看几本书。淮海中路靠近思南路顶端的人行道上有一块不小的空地,还有花坛可供小坐，就成了最大的交换市场，一眨眼就汇集了数百人。我曾将《福尔赛世家》换来《斯巴达克斯》，将《复活》换来《双城记》，最成功的一笔交易是用《名利场》和《大卫·科波菲尔》换来一套莎士比亚全集。警察对市民的换书行为比较宽容，只要不挤到路面上影响公交车通行，也就眼开眼闭。这种情况维持了两年左右，后来就被清理了。但这是上海的记忆，值得回味。

想起前几年，实体书店相继关门或挪移，叫爱书人无比胸闷，但回头再看，上海并不因此而失去书香。在去年年底的一份统计表里，上海人的人均阅读量还是名列前茅。同时，各种形式的读书会正在渗透到市民的日常生活之中。比如汉源书店很早就举办过形式活泼的读书会，摄影家尔冬强经营这家人文气息浓厚的书店十多年了，无怨无悔地将从别处赚来的钱补贴书店运营，现在总算有点小赚。有一次他告诉我，在外滩一家由外国人经营的西餐馆里，女老板每周三下午要举办一场读书会，参加的读书人中有洋太太，也有上海的白领。当然，今天有越来越多的人爱上了读书会这种活动，讨论文学当然是根本任务，但同时也兼具社交和休闲等功能，有书，有茶点，有花香，也有美女，读书不再拘泥于正襟危坐了，小小地作个秀，激发有节制的尖叫，这也许构成了新世纪上海的书声。

最后再回到思南公馆。几年前，摄影家陈海汶受有关方面委托为思南公馆拍摄一本图像集。他在法国南部与西班牙接壤的比亚里茨找到了巴斯克文明的印记，20世纪30年代，法国建筑师从这里驳了样，然后在上海建造思南公馆建筑群，而且这个地块的建筑规划中有两个必不可少的设施，一个是教堂，一个是学校。现在教堂还在，学校搬走了。

比亚里茨留下了两任法国国王的浪漫传奇，还有大作家雨果带着情人在这里度假的故事。但更让陈海汶吃惊的是，这里的法国人对上海并不陌生，有些人还与上海的亲戚朋友保持着数十年的联系。而他在上海思南路一带的民居探访中又发现，这里的老洋房虽然衰败逼仄，却保留了不少法国文化的元素，比如壁炉、阳台、巴洛克风格的铜框穿衣镜和水晶吊灯。这里的居民也有着与法国人相近的审美眼光和生活态度,爱好园艺、宠物、跳舞以及读书。这些,都构成了城市的文明与气质。

(2015年3月29日第7版)

细节中的赵清阁

沈 扬

衣箱里翻出当年小曼送给她的毛线白背心

好多年前写过赵清阁,而今再写,一些饶有情味的细节又涌现脑际。例如,这位才女作家曾经在落雪天采雪存储,然后拣个晴日用雪水煮茶,于窗前品茗细描自己所喜欢的梅雪图;又如,她写怀念好友陆小曼的文章时,特地从衣箱里翻出当年小曼送给她的毛线白背心,穿在身上……

还记得1994年的一日,笔者去吴兴路清阁寓所看望,茶叙中,引出了雪水茶这件事(自然是我提出),清阁带笑回答"那是偶尔的事情",接着一句是:"我哪有妙玉那样的好情致!"(《红楼梦》中有妙玉雪水烹茶的细节)我相信"雪茶绘画"的故事是一位性情文人的偶然所为,但也相信红楼女子的千般情愫、百样习性对赵清阁的影响不是偶然的——过去好多人都知道她不一般的"红楼"情结。

清阁先生不是如俞平伯、周汝昌等人那样全面地研究《红楼梦》,对那种依着曹雪芹笔下的"草蛇灰线"跟踪索隐的兴趣也不大,她只是由喜欢大观园中的红楼女子,进而引起了了解她们、展现她们的浓厚兴趣。战乱时期在重庆,清阁曾与老舍先生合作完成三部话剧剧本(《虎啸》《桃李春风》《万世师表》),之后投入"红楼"世界后,便产生了把大观园女子的命运际遇用话剧形式表现出来的念想,并在思谋成熟之后果断付诸行动。在过往"读红"的基础上,她更加投入地精读文本,深入而细微地走进"女儿国"各个个体生命的精神世界。清阁曾经打算把《红楼梦》改编成系列话剧,后来由于身体多病以及政治风浪的冲击,宏愿未遂,但还是写出部分剧本:20世纪40年代出版《红楼梦》话剧剧本4部,中华人民共和国成立之后陆续改编了《冷月诗魂》《晴雯赞》等剧作,40余年总共出版剧本20个。进入开放年代后,创作环境改善,赵清阁的身体状况却每况愈下。我曾经编发她的散文《难忘良医》,文中记述了她遭受病痛折磨的难堪经历。在吴兴路寓所她对我说,这个雄心勃勃的创作计划不能实现,是此生最大的一个遗憾。

模特儿的矜持

赵清阁在绘画方面也有良好的功底和不俗的表现力。这里不妨也透过一些情节、细节,窥看这位女中才俊的"这一面"。

1995年秋季,清阁寄我一篇散文,题目是《模特儿的矜持》，记述她于1936年在上海美专念书时发生的真实一幕：上写生课的时候，面前出现一位妙龄裸女（裸体模特临摹是校长刘海粟开风气之先的大胆实验），从她清癯偏瘦的胴体和缺少"颜色"的脸容，可以判断这位姑娘出身寒门。在同学们描摹的过程中，突然有人发出一声喝叫："丑娘儿，你坏了我的画，你赔！"原来是室温偏低，姑娘因寒冷而动了一下胳膊，这可惹恼了一位阔少学生，在粗声责骂的同时，还把手中的馒头屑扔向模特儿。此时在一片啧啧声（责备阔少）中，姑娘并没表示歉意，"她霍地转过脸，两眼矜持地看骂人者，一绺额角的刘海飞扬上去，真像是怒发冲冠一般"。赵清阁抓住这一刹那，疾笔速写了模特的头部，而后经过一番劳作，一幅性格柔中显刚，勇敢捍卫女性尊严的模特儿画像完成了……

《模特儿的矜持》一文于11月11日在《朝花》刊登。此后谈起这篇文章，清阁说那次模特风波虽然在偶然之中给了她创作一幅好画的机会，但风波给自己心灵的冲击很大，少女受辱的画面常常浮现于眼前（还得知此女不久便因病无钱医治而夭亡）。她从模特儿的遭遇中似乎看到了"红楼女"中的一些人在另一个时代的凄苦面影，于是经过一番构思写成了电影剧本《模特儿》，发表在《妇女文化》杂志上。清阁自然是很想将剧本搬上银幕的，但指导老师倪贻德对她说："这样的剧本没有人敢拍敢演，你白写了。"

晚年清阁难提画笔，但仍然珍惜旧爱。有几个年头，她选出往年旧作，托人在香港精制成贺年卡，赠送友人。笔者有幸于1993年岁末获得赵氏贺卡，上面印着国画《泛雪访梅图》——雪湖扁舟迎远岸红梅，轻抹细描，诗意盎然，极具文人画特点，内页还用娟美遒劲的钢笔字题诗一首。这张贺卡我至今珍存。

邓颖超就是那晶莹透亮的雪，高尚圣洁的梅

赵清阁与众多的现当代文艺家有很好的交往。这些人陆续故去，她便常常为此感念伤怀，而寄托、释放心中的思念，唯有笔下的文字了。她曾先后写过梁实秋、

傅抱石、齐白石、张恨水、陆小曼、苏雪林、阮玲玉……经我之手编发在《朝花》的，则有邓颖超、阳瀚笙等人士。

写邓颖超，一些细节也意味深长。在文章里以及与笔者的叙谈中，清阁先生都说到邓大姐和她本人都喜欢梅花。在好多年里，每到岁末之时，她都会得到邓颖超大姐赠送的两枝梅花。接下来的"画面"是：清阁捧着梅花，插进已经准备好的花瓶里，自此每天清晨起来，第一件事便是打开窗户，让瓶中爱物呼吸新鲜空气，然后在花前坐下，细细品看，心底里觉得这就是在同花的主人促膝交谈。

写于1993年12月的这篇文章题为《雪里梅花》。她在给我的信中说："……拙作是写一位从五四时代战斗过来的新文艺家，接触中，我并没把她当政治家，她热爱文艺，所以关心爱护文艺工作者。周总理也是如此。"清阁在文章中以真挚的情感，近距离叙记大姐与文艺家的友谊和对他们的热情关心，也写到了个人的性情修为。我明白《雪里梅花》这个题目是清阁最为属意的选择，因为在她心目中，邓颖超就是那晶莹透亮的雪，高尚圣洁的梅。她在电话里对我说，邓大姐关心文艺家是大家都知道的，但邓大姐本人热爱文艺，也是一位文艺家这一点，则大家未必都熟悉，所以她每次写大姐总要说到这一点。清阁还告诉我，《人民文学》刊登过她写的散文《亲人》，就是记述邓大姐同文艺家亲人般的情谊的。她说正在寻找这本杂志，找到后会捎给我，以便让我较为具体地了解这位亲人般的总理夫人。几天后我果然收到这本《人民文学》。这也是一位前辈作家对后学的关心，我自然必须认真阅读了。

在内山书店与鲁迅先生见面叙谈

一次谈话中，我提起1934年清阁在内山书店与鲁迅先生见面叙谈这件事，老人说具体情况都已写在了《沧海泛忆》这篇文章里。当时20岁的她是上海美专学生，同时为天一电影公司写宣传稿。在内山书店的一个"情节"是：谈话开始不久，鲁迅家里来了客人，许广平前来叫他回去，鲁迅离开时要广平坐下来继续同她聊，从此认识许先生（鲁迅逝世后她与广平有着长期的亲密情谊）。清阁说她年轻时有一股"牛犊"劲儿，为了得到大作家的指教，寄了几篇已经发表的习作给鲁迅，过了几天收到先生约她见面的短信，真的激动万分。她说那次晤面的时间很短暂，但先生关于散文写作的教诲，一直铭记于心。鲁迅说话的要点是：写散文要富有诗意，作新诗对写散文有帮助。散文无论抒情还是叙事，都必须辞藻优美、精练。然而更重要的是，诗与散文都应言志，不可空洞无物。清阁说她后来因种种原因散文写得不算多，但鲁迅的指点是受用一生的。

我曾两次去吴兴路看望清阁老人，见到了与她朝夕相处照料她生活的老保姆吴嫂。赵清阁独身终生，有过一段与一位文坛名人以悲情为底色的无奈的情感经历，对此未曾探询，就不写了。

(2016年3月27日第7版)

呼唤上海的阳刚之气

——谈海派电视剧的题材开掘

生 民

一

今年以来,沪产电视剧《誓言今生》《悬崖》《一生只爱你》《儿女情更长》《便衣支队》《心术》等等,风格迥异,题材多样,让人刮目相看。它们接连在中央电视台播放，其中好几部在中央台一套黄金时段播出，由此构成了一个电视剧创作生产中值得关注的现象。

近年沪产电视剧在地域人文题材上的一个重要特色是比较侧重于家庭伦理剧。毫无疑问，家庭伦理剧乃至"婆妈剧"是电视剧艺术样式的一个重要类型，而沪产家庭伦理剧也于此创造了不俗的成绩。然而与此同时，海派的社会人格，又并非只系于家长里短、姑嫂斗法，或者只系于争妒斗胜的职场风云；他们的铿锵人格和阳刚之气，却似乎在电视剧创作中形成了相对的"短板"。为什么这个问题经常会显得有点"扎眼"？除观众对于电视剧题材的多元要求外，这也是因为不论在历史还是在现实中，铿锵声色和阳刚之气都是海派人格中的一种重要基调。上海既有"儿女情长"的一面，也有"大江东去"的一面。而以电视剧的传播影响，特别是海派电视剧的创作展现，对后者却处于某种缺位缺席的状态，就不免要让人感到遗憾了。

即便是约略观顾并不久远的史事，上海地方风云际会，风起云涌，英雄辈出，铿锵声色和阳刚之气恰恰是代有传承、未曾缺位的。

百多年前,上海绅商经元善联合蔡元培、黄炎培等上海1000多名维新人士发出通电,反对慈禧废光绪立新储,引起全国巨大反响,后家财被抄,又遭清政府全力通缉追杀,被迫逃亡,病死澳门。其正所谓"苟利国家生死以,岂因祸福避趋之"!

容闳、章太炎、严复、马相伯,以天下为怀又敢冒天下之大不韪,在上海张园成立了"中国国会"。

张謇、张元济在上海策动,联络全国,发动30万人署名的请愿:改革朝政,即行立宪。

辛亥起义,上海民众响应,连演员演戏完毕后,都赶往战场,脱下戏装,参加战斗。其时志士洒泪誓师,陈其美独自赴会劝降,敢死之士前仆后继,死伤累累。孙中山由衷感叹,对于武昌起义,"响应最为有力而影响全国最大者,厥为上海!"

宋教仁在上海被刺,扑朔迷离,至死尚在忧国忧民,而中国现代宪政的道路却由此夭折。

镇压"二次革命"和革命党人的上海"镇守使"郑

汝成，光天化日下被义士击毙于外白渡桥。是时义士可以走避，但却留在原地慷慨陈词，杀身成仁。北洋军上海总司令、警察厅长徐国梁，大白天被义士刺杀于大世界门前……在这些"我以我血荐轩辕"的悲歌壮举背后，又蕴含了多少运筹策划、紧张惊险的传奇故事呢！

上海是中共一大、二大、四大召开的地方。五卅运动，十几位烈士死于枪口，几十万工人市民走上街头，他们断了收入，忍饥挨饿，但是坚持罢工。上海工人的第三次武装起义，300多名工人纠察队员牺牲在北火车站的枪林弹雨中，但是革命工人仍然前仆后继攻占除租界外的全上海。"四·一二"事变，蒋介石与杜月笙联手，坑杀上海工人领袖，解除工人武装；上海工人走上街头，300多人当场牺牲在宝山路上……这里又牵连着多少上海人和他们家庭的苦难悲壮和壮烈情怀呢！

还有抗日战争时期上海作为"特别市"的特别斗争。
…………

所有这些历史事件，都是既定社会现实和人文环境的产物，它们由上海的民众孕育，又植根于这座英雄辈出的城市。如果没有上海社会人格中的铿锵血性和阳刚之气，上海就难以铸就自己的历史，也难以完整地诉说自己的故事。而对于电视剧创作来说，我们既可以在这个"富矿"中发掘人物故事；更为重要的是，我们对于海派人格中的英雄本色，完全可以由此树立充分的信念和相应的责任。

二

那么，为什么在对海派人格的叙写中会出现上述的缺位和缺席呢？这是不是因为沧海横流、方显英雄本身，而和平年代商品社会就不再需要英雄气质，创作的主体和受众就一起淡忘了自己血脉中的血性基因了呢？其实时代变了，海派人格中讲信义、重承诺、有担当、敢作为的英雄本色依然存在，并且会受到上海民众的由衷认可和响应。之所以这样的题材会成为相对的"短板"，我以为其中的一个原因是：它是有一点难度的。这样的题材，在通常的编剧及叙事之外，要求创作者对于历史人文和既定的命题，要有相当的认知、感悟乃至激情；而相对厚重的历史人文内涵，又自然会对作品中的生活质感提出较高的要求，这进而就压缩了"戏说"的空间，或者干脆就拒绝了戏说的模式。然而实际上，在如此精彩的人物故事面前，我们无须戏说，只要多花一点工夫，就能够发现许许多多的惊心动魄和曲折离奇。在电视剧创作中，难度与佳构也恰恰是形成正比的。

由此引发的另一个问题是：望文生义。当我们有了一个诸如海派人格新开掘的立意之后，按照以往的经验，可能很快就会出现某种所谓"套路子"的"揭题"，然而它们往往只是急功近利、一味释义、敷衍成篇、浅尝辄止的"命题作文"。既定题材的创作，其至关重要的是必须建构一个真实生动、精彩纷呈的人物命运和故事，以此构成唯一的叙事逻辑；而所有的思想立意，只能通过活生生的人物故事自然流露。唯有如此，作品才可能拿到成功的钥匙，也才有可能引人入胜，打动人心。

　　海派的笔触对于海派人格自有其认知体察的优势，可是也会存在某种文化上或者说是惯性的负面影响。而注重于社会人文的叙事，其与言情剧、室内剧包括某种习惯性影像的一个直观区别，就在于它的主体叙事与周遭的环境始终有着某种"散漫"而又有机的联系，以至形成一种"水乳交融"的真实情景。那种抓住一点不及其余、主体边际光滑、"水落石出"以至轻浅油亮的影像、语言，在观感上就与直观形态的影视艺术的第一诉求——真实感，有所悖离。

　　海派电视剧在业已取得的成就上，仍然有着很多课题与很大空间有待开掘。张扬海派的铿锵人格和阳刚之气，将能够开拓海派电视剧的新生面。

(2012年7月13日第11版)

忘不掉的刘大白

施蛰存

1924年9月至1925年7月,我是上海大学中文系一年级的学生。上海大学是一个新创办的貌不惊人的"弄堂大学",上海人称为"野鸡大学"。但它的精神却属全国大学的最新,在中国新文学史和中国革命史上,它都起过重要作用。我在这个大学的非常简陋的教室里,听过当时新涌现的文学家和社会科学家讲课。时间仅仅一年,这一群老师的言论、思想、风采,给我以至今忘不掉的印象。

刘大白先生也在上海大学兼任过教职,他每星期来授课两小时。他讲古诗,提倡做新诗;他讲古文,提倡做白话文。这些讲稿,大约就是后来出版的《白屋说诗》和《白屋文话》中的内容。他把桐城派、八股秀才的文章斥为"鬼话文",但仍推崇韩、柳、欧、苏。

从1917年《新青年》杂志爆发出来的文学革命和思想革命,首先冲击到的是各大都市的大中学校的师生。上海大学的教师,如中文系的沈雁冰、田汉、方光焘,社会学系的恽代英、瞿秋白、施存统等,都是第一代的革命思想者,年龄都不满30岁。在学生眼里,他们都是最新的人物。田汉讲雨果的《让·华尔让》,讲梅里美的《嘉尔曼》,讲歌德的《迷娘》;沈雁冰讲希腊戏剧和神话;方光焘讲厨川白村,讲小泉八云;瞿秋白讲十月革命;恽代英讲封建主义、帝国主义和民主主义……学生都很有兴味。但陈望道讲修辞学,胡朴安讲文字学,邵力子讲中国哲学史,虽然是学习中国传统文化的基础课,学生却并没有热忱。

刘大白先生当时已45岁，在上海大学教师中年龄最高，加以刘先生的一头灰白头发，一架深度近视眼镜，一副瘦削枯瘁的仪容，尽管刘先生讲古诗、古文，都用新的观点，但在学生的印象中，他似乎还是一位冬烘老旧的人物，和上海大学的精神不很相称。

那几年，刘先生在报刊上发表了不少新诗，第一本诗集《旧梦》已由商务印书馆出版，作为"文学研究会丛书"之一，和胡适的《尝试集》、康白情的《草儿在前集》、俞平伯的《西还》等属于新文学史上第一代的新诗集。这些诗集的共同特征是还没有完全摆脱旧诗词的牢笼，读起来还是半解放的旧体诗词。在思想性的表现上，一点人生感喟，一点社会批判，还是从旧诗中某些现实主义作品折射出来的悲天悯人观念，没有超越人道主义。因此，这一代诗人的作品，要不了三五年，已完成了历史任务，在诗坛上让位给郭沫若的《女神》了。

在过去的半个多世纪中，我国的政治、社会、文化，都以高速度同步发展。每一个新思潮掀起以后，来不及扩大,就被后一个浪潮摧散了。新文学史上第一个十年间的作家作品,至今多数已不被很多人知道,即使鲁迅的小说,也只有文学史家还在钻研。刘大白先生同样也没有人提及了。

在回忆刘大白先生和第一代新文学前辈作家的时候,我偶尔有一些感想。举个例来说,王、杨、卢、骆,号称"初唐四杰",但他们的作品,到开元、天宝年间,已经为后辈文人所诋毁。尽管有杜甫出来为他们鸣不平,颂扬他们的作品还是"不废江河万古流"的,但也不得不承认他们的作品是业已过时的"当时体"。由此可见,文学的风尚不得不随时代而转移。在时代的车轮急剧改辙的时候,一种文学风尚的流行期也极为短促。赵翼诗云:"江山代有才人出,各领风骚数百年"。这两句诗,验之于我们的现代文学,似乎过分夸张了。从1927年以来,我们的新文学家不断有新作品问世,蜚声文坛,领袖风骚的,极少有维持到数十年之久的,更不要说数百年了。多数作家,也像运动员或歌星舞女一样,不过占了十年的时运而已。由此又可知,文学也需要一个稳定的时代和社会。"后之视今，亦犹今之视昔"，我又不免为同时代和下代作家的命运感到悲哀。

萧斌如同志近年来致力于文化史研究资料的纂辑工作，《中国近代、现代丛书目录》是她最初的贡献，对近百年文化史的研究者有很大的帮助。1984年，她又编出了一本很详尽的《刘大白研究资料》，这使我惊异于刘先生著作方面之广、数量之多。今年，她又从刘先生全部著作中选出部分重要作品，编成刘大白的选集，拿稿本来给我看，要我写一篇序文。这使我重新又回忆起刘先生，他的课堂讲授的姿态，历历犹在眼前。一半是由于新文学诗文的风尚转移得太快，一半也由于刘先生过早地病逝，使他的声望和著作没有获得广泛的较长久的流传。萧斌如同志这部选集，不但为新文学史研究者提供一份几乎已经晦迹的重要史料，也可能引起学术界对刘先生在初期新文学史上的地位作出新的评价。我相信这是萧斌如同志又一次有功的贡献。

(1995年5月21日第9版)

连环画里的上海文化

孙 颙

50岁朝上的人,会有这样的童年记忆:酷热而漫长的暑假,被弄堂里各种游戏折腾得满头大汗之后,想躺到铺于地板的草席上休息,这时候最美妙的享受,就是向大人要来几分钱,到弄堂口摆着的连环画摊子租一两本小书,然后赤膊躺平了身子,有滋有味地一页页翻看下去,直看到眼皮耷拉,再也睁不开来。那是我们贫乏的童年生活。我们没有电视,没有买电影票的钱，甚至很少能听到收音机的节目，至于电脑之类，听也没听说过。我们有踢皮球、抓强盗的游戏，我们有爬树逮知了的冒险，我们有挖洞灌水找蟋蟀的趣事，当然，我们还有可爱的连环画相伴！那个年代，阅读连环画是普通民众的文化享受，而上海则是中国连环画出版的主要基地。上海能够获得这样的地位，首先因为我们拥有一大批优秀的连环画作者。这些致力于美术普及的文化人主要聚集在上海的各出版社之内，其中，上海人民美术出版社是连环画人才最为密集所在。后来，从连环画创作而成为中国画坛大家者，也绝非一二。

上海人民美术出版杜建社60周年之际，他们决定做一件事情，就是为一生坚守连环画创作的贺友直先生举办展览，而且是面向广大市民的大型展览，让我感慨不已。

我的感慨，主要不是因为他们的敬老——贺先生年近90，在上海这样的长寿城市，不算很老；我的感慨，也不仅仅因为他们愿意做一些文化公益——现在想借文化之名赚钱的人不少，完全从市民文化享受角度设计的事情不多；我的感慨，更不是因为他们在出版面临市场萎缩的困境时还敢于理直气壮地站出来。我被这件事深深打动，是由于从中看见了文化代际交替之时传递的力量，或者说是继承的重要性。

现在，被动漫形象培育出来的年青一代很少知道，连环画的创作是令人眼花缭乱的动漫世界的先驱。半个世纪之前，中国国民的文化素质比现在低得多，有上亿人需要"扫盲"，就是说要先认得几个字。那时候，不但大学生稀缺，中专生是宝贝，连小学生，会记记账的，在广大的农村也难找呢。在这样的文化环境下，连环画成为向民众传播文化的基本载体之一。几幅画，几行字，能让识字不多者也明白许多道理。在此基础上，连环画的创作者们不断攀登，把普及的艺术逐渐提高，做出了《三国演义》等一批精品。贺友直先生一辈子创作不断，佳作连篇，其始于半个世纪前着手创作的《山乡巨变》，也是精品群中的硕果。有人说，那是表现农业合作化的作品，合作化过时了，美术作品还有意义吗？说这样话的人，完全不懂得文化的历史。文化与政治的关系，既密切，又相对独立。西方的教堂和美术馆里大量保存着被历史否定的人物与故事的美术作品，你敢说那都是没有意义的吗？

因为有那么多从事连环画的奉献者，才有众多优秀出版物的涌现，才逐渐从书面表现向其他领域发展，才有了《大闹天宫》《骄傲的将军》《没头脑和不高兴》《黑猫警长》等动画电影的出现。包括日本、美国的动漫作品在内，有多少是从我们的文化中汲取营养的，真是可以仔细研究的课题。

现在，我想简单谈谈贺友直先生的作品与上海文化的关系。他的作品，骨子里也浸透了上海特有的文化因子。欣赏他的作品，比如《老上海三百六十行》，你是否觉得，跟着他的笔触，你走进了上海的弄堂深处，走进了拥挤着"72家房客"的亭子间，也逐渐走进上海普通市民的内心世界？

文化不是空洞的符号，当我们思考上海文化特质的时候，我们发现，每一种文化现象均与市民过去和现在的生活形态、内容相关。从贺先生的创作中,你可以比许多老照片更加深刻地领略这样的关系。贺先生是在上海生活了80多年的老人,他这一生,离开上海的时间不多,他用艺术家特有的敏锐,为我们再现的沪地场景,具有穿透表象的能力。比方说,上海现在在建设金融中心,海内海外的人均说上海人的金融意识强。你在贺先生的连环画中就可看见这样的印证:80多年前,还是孩童的贺先生是如何挤在人堆里像模像样地参加"摇会"的,实际上那是民间融资的原始形态。

在贺先生眼里,什么都可入画,《老上海三百六十行》是典型的反映。《自说自话》延续了这种风格。管你三教九流,管你摩登怪胎,只要是十里洋场真实存在过的,全可以细致入微地勾画出来。看来,贺先生与黑格尔"存在就是合理"的哲理不谋而合。他画铁工厂的苦学徒,画跑街穿巷的行商,画抗战时期的"壮丁",甚至画偷买鸦片的龌龊角落。因此,贺先生为我们全方位地保留了上海的真实形象,并且是经过这位艺术家亲身品尝过的生活。

我曾经有一个疑惑：上海人的某种文化因子，即所谓讲规矩且很少逾越的心理——很难简单评价它的是与非——若与中国的多数地方相比，是非常明显的特质，它究竟是如何被培养出来的？在贺先生的笔下，多少揭示了部分根由。你看他画那些坐写字间的小白领，那种机灵聪慧又稳重干练的老上海的洋行职员，你开始明白，一百多年间中外经济文化的碰撞与沪人的生存竞争，使那些外国公司乃至中国新式资本家的雇员们形成了特有的文化心理——做优秀的白领比自己做小老板安逸。20世纪前半段，为外国公司做事，是上海普通人强烈的追求。你看，贺先生画自己从小学英语，写明了就是想将来谋个洋行的差事。因此，讨论上海文化的长与短以求创新发展，对文化的来龙去脉是无法闭目不看的。我们去看看贺先生的画展，应该大有收获。

（2012年3月24日第8版）

小说平襟亚

唐吉慧

最近读到平襟亚的一封信,是20世纪70年代他写给常熟同乡丁俟斋的。丁俟斋是写诗作画的旧文人,在常熟有点名气,赠过平襟亚一幅画。平襟亚在信中告诉他,吴湖帆、唐云见了都夸功力不浅,笔到意到,已得绘事三昧。

信是朋友从丁家后人处买来的,多年了。平襟亚给丁俟斋写这封信时,两位老人足足断雁50多年,所谓衰暮思故友，4页笺纸上的毛笔字端端正正、干干净净，朴素的句子写尽深情和惦念："敬接还云，欣喜万状。想您我得续五十余年之旧好，倍觉亲切挚爱……"

50多年的时光足够长了，但他跟老朋友谈起50多年的阴晴圆缺，文字短得仅仅几行字："吕舍是我出生之地，亦曾在该校教过一年书。1916年方来上海，首先卖文，正是煮字疗饥而已。直至1927年方从事于出版生涯；到解放以后，1955年方歇业……在1957年吸收我进上海市文史馆，从学习中改造我的思想，经过了14个年头始终照顾了我的生活……"信中提到的"吕舍"在平襟亚的家乡常熟辛庄镇，"该校"是吕舍第五小学，丁俟斋曾教书育人15年，并担任过吕舍第五小学校长。

平襟亚1892年出生在常熟一个穷人家里。这穷小子13岁在南货店当学徒，天天借了旁边书摊的小说，趁老板不在，把书藏在柜子的抽屉里站着偷偷看。谁料老板早已察觉，往往趁他看得出神，便取了木板子悄悄走近，朝他头上猛然一下。小伙计疼得直跳，只好扔下手里的书干活儿去。可小伙计读小说的念头停不下来，只要老板不在跟前，立时覆辙重蹈。待到小说紧张处，那老板突然又来，木板子少不得狠狠敲在头上。打得多了，头顶便肿了起来。

　　偷偷看书大概是许多小孩子都有的经历，调皮罢了。记得自己在中学时的一堂语文课上，偷偷在课桌底下看莱蒙托夫诗选，正当入迷，只听桌上"嘟嘟"两下，才恍然醒悟。"拿来！"老师一脸责备。我红着脸将书交到他手中，哪知他把书粗粗一翻，继而对着我身后的同学咆哮一声："拿来！"原来后桌同学与我一样在"底下"用功看金庸武侠小说呢。老师对他批评一番，收了书，让放学后去办公室取，我的莱蒙托夫诗选则即刻珠还。"你对莱蒙托夫有多少了解？"老师问我。我颤悠悠立起身，想了想憋出这句话："莱蒙托夫死得挺早。"同学们听了纷纷笑出声来，老师并不生气，慢慢走向了讲台，说，你看吧。我轻轻回了一句，噢。可终究心虚，不敢再看了。

　　50多年里，平襟亚从小说迷变身小说家，甚至厕身鸳鸯蝴蝶派的代表作家，开了书店，办了著名的《万象》杂志，还学律师替人打官司。都说他思维灵活，有着"文人的头脑，白相人的手腕，交际家的应酬"，经营随性子，或实或虚，善于投机，在写作的范畴、出版的行当，什么赚钱做什么。其实一切不容易，打贫苦的小地方来到偌大的上海滩，见识了十里洋场的诱惑，尤其战事纷扰，生计维持时不时捉襟见肘，患得患失，或许不得已而为之吧，当个老派文人总有辛酸处。

平襟亚早年和朱鸳雏、吴虞公成立了一家小出版机构，他计划编一本求婚的情书集，很是动了点心思。先请人化装成少女，拍了一张艳逸俏丽的照片登在报纸上做广告应征对象，说明想要应征必须先寄情书，合意者再约面谈。于是一封封缠绵悱恻的情书到了他的书桌上。平襟亚从中逐一删选，如此结成了一本情书集。对其中一封最肉麻的信，他动了"坏点子"，以某女士的名义回了一封信，约对方某日某时在上海新世界游艺场听评弹，并请他手持一朵红花为记号，而"她"在椅背上搭一条青色的手帕作识别。到了约定时间，平襟亚与友人去了新世界评弹场,见到最后一排坐着位漂亮的女孩子,便将准备好的手帕偷偷放在她椅背上。果然没多久,有位男士手持红花对着这位女子大献起了殷勤。女子瞪着眼睛说:"我不认识你,神经病!"平襟亚和朋友则在不远处看笑话。对于此事,他晚年极为后悔,认为那是少不更事,太恶作剧了。

他1948年编的那本《书法大成》倒是意义深远,集了沈尹默、白蕉、马公愚等数十位名家的书法,范本临摹、日记随笔、信札扇面,书写种类多得像他的"坏"点子,苦口婆心请大家写好字,为的是人人"处理人事亦将游刃而有余"。我当年不明白,为什么写好了字,处理人事便能够游刃有余?但这本上海书店1982年的翻印本《书法大成》,无疑成了我初学书法时的止渴之梅。

50多年后,平襟亚不再是风云一时的小说家、出版商了,和张爱玲的那段千元稿费之争、与陆小曼的那段公堂之辩,倏忽沉入历史,不再耿耿于心。年事已高的他,成了每逢星期天下午和郑逸梅等一起在襄阳公园里打发时间的小老头儿。郑逸梅爱带着新搜来的名人信札给大家看，若瓢和尚常常泡了茶拿在手里，不喝不坐不和人说话，挤在几个下棋的边上呆呆瞧半天。他们在一块儿更多的是谈诗作词，插科打诨。

老人平日由老伴儿秋芳相侍左右，女儿在嘉定外冈农场工作，前妻所生一子二女在法国南部经商已近30年，好在音讯常通。与旧友的重逢，也牵动了他褪了色的情怀。"我感到人生可告一段落，故能放下一切，致身甚悠闲，但怀旧之情甚炽，特念及仁弟，时萦方寸间，倘仁弟有来沪的机会，能屈驾舍间得握手言欢，抵足以谈五十年前往事则快何如之，而我的预计将于明春三四月间返故乡时乘兴至家山走访仁弟，以图良会……"他在信中说。

文字作品里从来不少老来怀人、怀事、怀物的旧情绪，早已两鬓斑白，相望相思却未及相见，这种等待流露的都是真感情。带点喜悦，带点苦涩，正如他在信中的一段话："无情岁月如逝水而去，五十余年白了少年头，真使我热泪盈眶，感慨无穷尽者也……"

我年纪尚小,偶尔缅想过往是有的。那位中学时的语文老师,一晃也20年了。记得那次课后有同学议论,老师为何收了同学的书,不收我的?最终得出两个结论:要么老师爱好诗歌,所以照顾我;要么老师喜欢金大侠,是要等他偷偷看过再还同学。总之,这件事后,语文老师再未管过我,这是让我大为愉快的。我很庆幸,语文老师不是小伙计遇到的凶老板,我的头顶没有挨过木板子。

(2016年3月27日第7版)

我的老师们

王安忆

这半辈子,虽未上过几日学堂,却很有几位老师在脑海中或深或浅地留下印象,不曾忘却。

入小学一年级,是一位姓徐的老师教导,当时觉得她颇高大,现在想来却是身材小巧的。对老师的尊重和敬仰似乎是无条件的,或许是上千年来"师道"无形的遗传,以至有别班的小朋友指出那老师外形上一项不足的时候,我气得几乎要昏过去,深觉受了伤害。

我们自始至终不知道老师的名字，打听老师的名字便像是亵渎，然而那名字又有一种奇怪的吸引力，像是很神圣的秘密。她对我们来说是至高无上的，即便是平常的一句话，在我们看来也成了不可违抗的圣旨。在她当着众人嘲笑我一个习惯性的不良动作时，我的伤心是不可言喻的。长大以后，我深知她并无恶意，可是当时，我对她却起了一种畏惧的心理，再不敢去亲近她，不敢爱她了。每天早上，我们都在老师的带领下，排队站在街心花园里进行升旗仪式。庄严的国歌奏响了，国旗徐徐上升，忽然从人行道上飞跑来一个小女孩，扑在徐老师身上，大叫"妈妈"。徐老师的脸一下子红起来，要笑又忍住了，别着头，看也不敢看孩子一眼。以后的日子里，随着我一次又一次地回想起这个情节，老师一次比一次显得年轻起来，于是，那对我不经意的伤害也逐渐变得可以原谅了。

升上二年级时，换了一位张老师。她的名字一上来就赫赫然地印在我们的作业本上。大概是因为我们长大了一点，老师的名字引不起更多的神秘感。现在回想，她是颇不漂亮的。然而，小学生对老师，就好比孩子对妈妈一样，从不会想到"漂亮"或"不漂亮"。老师就是老师，至多再有个名字，便完了。她是一个能干的老师。自从她来了我们班，我们班便在卫生、纪律、墙报等方面跃为先进，得来一些奖状。而且她是那么活泼，永远令我们感到亲切。不久，我们满9岁了，要建队了。选举中队干部时，我无限委屈地被这位老师武断地拉了下来，虽然我得了满票，却要让位给一个得了零票的女生。至今也不能彻底明白，那位女生为何如此不得人心。只记得她乖巧过人，颇得老师器重，抑或正因为如此而引起的逆反心理吧！当时群情激愤，事情很难收场，张老师只得把所有优秀的学生集中在一间小办公室里开会。这待遇不是每个人可以企望得到的，参加会议的同学自有一种荣誉感和责任心，认识到应以大局为重，与老师同心同德。事情过去了，可对老师的失望却永远不能消除地存在了心里。

在我们那个年纪，对老师的要求近乎是苛刻的，老师永远不是作为一个真实的人出现，而总是真理、公正、正确、觉悟的化身。我们的问题,永远期待着在老师那里得到解决和回答,如果得不到,便愤怒透顶。然而,事实上却常常得不到。因此,某一位老师扯了某一位队员的红领巾,某一位老师与某一位老师颇不严肃地调笑,某一位老师错怪了某一位学生,某一位老师春游时带了三个荷包蛋而不是两个,到了小学开展"文化大革命"时,全成了大字报上要命的内容。文理不甚通顺的大字报雪片似的向各位老师扑面而去。

从此,一个老师不像老师、学生不像学生的时代开始了。

事情果真是这么奇怪地从一个极端走向另一个极端。乱哄哄地进了中学以后,第一次见到老师,无冤无仇的,我便给了他一个下马威。那老师好好地来问我:"叫什么名字?"我不但不回答,还朝他翻眼。至今也说不明白是什么东西在作祟。总之,从那一天起,我与老师间便开始了一场莫名其妙却又针锋相对的角斗。

一次开大会,因为没有呼口号,严格地说是没有扬起胳膊,老师便请来工宣队当众呵斥,骂出许多不堪入耳、令人生疑的话，骂完之后扬长而去，不负任何责任。老师的表情甚是微妙，并无笑容，却掩不住得意，他知道自己是不能这样羞辱学生的，而工宣队能。我们则明白，是无法向工宣队要求澄清道歉的，只能找老师。当我们和这位老师面对面地坐下来的时候，才发觉彼此都是那么孤独无助。

后来，我们在乡下参加"三秋"。当时，我在学校小分队里拉手风琴，我是不情愿在小分队的，因为我在班上有个极要好的同学，假如我们不能在一起生活，农村的日子对我们来说将是不堪忍受的。负责小分队的一位江老师居然答应我白天在小分队活动，晚上派人送我回班级所在的生产队睡觉。到了战备的那一刻，大家想家的情绪便不可抑制地强烈起来，并且伴随着一种深深的绝望，那家像是再也回不去了。我总是哭了又哭，永远不会忘记，在这个绝望的时刻，江老师借口修理手风琴，让我回上海3天。我一个人提着沉重的手风琴，回到了家。家里只有老保姆带着仅5岁的弟弟，爸爸、妈妈、姐姐和我的床全揭了起来，露出棕绳绑的床帮，一股凄凉。可是后方尚在，心里毕竟安静了许多。3天之后，我如期回到乡下，下了长途汽车，我径直去了小分队。

我们和老师一起度过了3个月，他和我们一起步行十几里买大饼油条解馋，和我们一起用酱油拌粥下饭。有一次，我看见他在对着墙角抹鼻涕，居然也没觉到太多的失望。有时高兴起来，我们就直呼他的名字，他也很自然地答应。而另有一些时候，我们却极其庄重地唤作"江先生"，尽管"师道"已经彻底粉碎。

3年中学，就这么吵吵嚷嚷、哭哭笑笑地过来了，迎接了"一片红"的插队落户。我的插队"喜报"就是这位江老师来贴的，我不在家，当时没碰上。之后，也没有机会再碰上过他，心里便越来越觉得他那次是来告别的。

与老师日益增多的接近中，老师越来越向我们显示出一个普通人的素质，于是便令人有了一种无可奈何的失望。然而，随着这失望，"老师"的含义却也日益真切起来。当我长到也应为人师表的年纪，方才感到，做个老师是极难极难的，而我们对老师的要求也不甚公正。老师亦是人，也有人之常情，对老师的尊重，首先是对人的尊重。或许把"师道"合并于"人道"，事情倒会简单许多。

一次，参加虹口区三中心毛蓓蕾老师主持的"儿童团"入团式。宣誓的时候，毛老师站在一群年仅6岁的孩子中间，庄严地举起握拳的右手，鲜红的领巾映着她苍苍的白发。我的眼泪涌了上来，这庄严的一刻令我铭记终生。我终于明白，老师是一个平凡的人，亦是一个伟大的人。

（1985年9月19日第4版）

上海"老炮儿"

王 钢

在上海街头,还能碰到"老克勒"吗?"上海老克勒",这个经历过世面、光鲜摩登而被老上海人认作"上品"的男性族群,大多出自名门世家,从小接受海派西洋兼容的教育,家境较丰裕,在消费和文化休闲方式上引领潮流。当然这个"老",并非仅指年纪,也有老手、老派的意思。

如今在上海,街头遇到的上些年纪的人,多半都不是"老克勒"了,而是像深水游鱼一样的平凡市民。上海市作家协会所在的巨鹿路一带,迎面走来的中年或老年男人,模样都有些相似,中等个子,双肩平稳,面容方正,常常戴一副深色框架的眼镜,衣着朴素,毫不张扬,看上去再普通不过了。但是,他们的目光里蕴含着一种沉静深邃的辉光,他们身上有一股淡淡的书卷气,飘逸在这个色香味俱全的大都市里。这让我想起自己写过的一篇散文题目——《罗马,因先生们而尊贵》。

而让我感触更深的,是在上海里弄街巷讨生活的老市民。

先说一位"老的哥"。

今年春节前夕,那天是小年夜吧,患重感冒的女儿陪我们奔波忙乱了一天,在保罗饭店共餐后,准备在富民路与长乐路口打车回家。

已入年关,浮荡不安的霓虹灯光里,路人和车辆都是行色匆匆。向寒冷的夜色中望去,很少有亮绿灯的空出租车经过。终于等来一辆,司机是一位戴帽子的老头,粗嗓门儿,说一口沪语普通话。当女儿开门上车时,他还很热情,听到我们老两口想送女儿回家,就劝说不用了,女儿这么大了可以放心了。是的,女儿已30多岁,孩子都五六岁了,但我们看她身体和情绪都不太好,还是执意陪她一起上了车。

没想到,老司机已不悦,车开动后,他不客气地斥责道:"干什么要送啊?知道弗啦,这是浪费资源的啦!"这趟车程也就是个起步价,转眼就到了延安中路女儿家门口,女儿下车道别,我们继续坐车兜一圈儿,返回上车的长乐路。不知道为何,老司机突然发飙,愤怒地大声说:"……我们不好,都不好!都是坏人!……"

我们愣住了,不明白老司机为什么发火。我先生小心地一再向他解释,说明送女儿的缘由,他则厌烦地连摆右手,打断话头:"不说了不说了!"一路上,他握着方向盘,一边开车,一边自顾自恨恨地嘟囔抱怨着什么……

后来看报纸新闻,得知小年夜前一日的大雪天,在莘庄发生了一起出租车司机劫杀年轻孕妇的命案。莫非，我们那天在出租车上的遭遇，与这件事、与司机的情绪有什么关联？总之，那是一个令人遗憾的小年夜。

还有一位老阿姨。

东湖路一个路口，有家水饺馄饨店，店面十分低矮狭小，只挤得下几张小餐桌。但是，生意好得不得了，每天都黑压压地塞满了食客，多是在附近上班的白领和打工者。每次进店里，还会看到男女老外，他们除了附近西餐店的炸鸡和披萨，也好这一口荠菜肉馅、韭菜肉馅的水饺。周围餐桌上，咱们的女白领们叽里呱啦大声炫着英语，而老外坐的地方却总是安静地带。

在人丛里穿梭张罗的，是一位老阿姨，一头短发染黑了，动作敏捷利落，忙着端盘子、擦桌子，看上去应是这个小食坊的当家人。

有两位食客吃完起身，轮到我们坐下了。不久听到叫号，老阿姨端过来两碗热腾腾的菜肉大馄饨，放在面前。我指指餐桌中间还未清走的剩碗筷，轻声问："这些可以端走吧？"谁知，这一句话竟惹到老阿姨了。她身子突然后仰了一下，张大眼睛俯看着我，停顿片刻，甩甩手上的抹布，一边飞快地收拾餐具，一边吐出一连串的数落："阿拉本来就是要清理的啦，你这一说嘛，阿拉还以为有什么事呢，真是好笑弗啦！……"同桌一位男人用上海方言附和她一句，她得理地嗯了一声，端起一摞碗碟离去，那气宇轩昂的背影仿佛在说：阿拉可以伺候顾客，但绝不听人使唤……

经过一些不期然的接触，我才觉出，上海原来也有"老炮儿"！这些人一辈子闯世界，什么事情都经过，什么困难都扛过，老了仍然很能干，仍然在打拼。同时，他们大半辈子积攒的一腔火气也是蛮旺盛的，稍不留神就点燃了，烧着了，你想救火都来不及。

从上海"老炮儿"的脾气里，能感觉到一种耿耿的锋芒，还有一些脆弱的敏感，那大概是他们一生都丝毫不容侵犯的面子和尊严。从这一点上说，上海"老炮儿"与北京"老炮儿"，南北心气儿还是相通的。

不过，最近遇到的一位上海老店员，让我心中的上海"老炮儿"印象顿时变得柔和、温润了。那是在淮海中路上生意兴隆的长春食品商店，门口柜台的"上海老酸奶"每瓶15元，可我的零钱只有14元9角。正准备掏出一张百元钞票，那位花白头发的老店员和蔼地说：不用了，就这样吧。他顾不得听我道谢，把零钱放入钱箱后，径直走出柜台，从门口过道对面的另一座柜台下面，捡起了一枚1角硬币。那是顾客掉落的，没人注意，也没人在乎，在他的视线里大概有一段时间了。其实当时我离地上那枚硬币更近，但他默默地走过来，弯腰捡起硬币，擦干净放入钱箱，笑着说："这就够数了。"他脸上温暖的笑意荡漾开来，以繁华的大上海为背景，深深印在了我的脑海里。我不知道他的姓名，只记得他的胸牌号"058"。

（2016年7月31日第7版）

蓝印花布

王 勉

孩提时代,老屋的楼下住着一位独居的老妇人,人们都叫她"楼下阿婆"。楼下阿婆那时候年岁已经很大了,沟壑纵横的脸庞和枯枝似的双手无声地诉说着岁月的艰辛。楼下阿婆是地地道道的苏州人,说一口经得起奶油刀切割的甜糯的吴侬软语。印象中,她总是穿一套颜色很素的蓝印花布衣裳,盘扣、宽大的袖子和细脚伶仃的裤管还是20世纪30年代的式样。我总以为她穿的是同一件衣裳，多年以后才恍然大悟：她应该是有好几套相似的衣裳。楼下阿婆很爱干净，尽管衣服已经洗得褪了色，却可以闻得见清新的肥皂味儿。有时候，她会在客堂间里给我们讲她年少时的故事，迎着和煦的阳光，她微微地眯了眼，那神情仿佛回到了从前。原来，楼下阿婆也有过不为人知的青涩的少女时代，依旧是素净的蓝印花布，却掩饰不了年轻的娇美。那时候从袖子底下露出的一截手臂衬着幽蓝的颜色真如鲜藕一般圆润白净，仿佛就是从水墨画上走下的江南仕女。

人说织锦美，美得天香国色，是百花丛中绚烂的牡丹；蓝印花布则是清浅的山泉或是散落在山涧的野花，在心底留下一圈圈荡漾的涟漪。织锦是华美的汉服，霓裳羽衣惊艳天下；蓝印花布却是家常的袄裙，刻满生活的琐碎。织锦的美，历来深藏在深院高墙之中，阳春白雪，不落世俗；蓝印花布的美却是实实在在居家过日子的味道，有着清甜的人间烟火味儿。打一把油纸伞，着一袭蓝印花布制成的衣裳，走上江南水道高高的桥头，走进悠长悠长的小巷，江南丽人清丽婉转的美也能让人一见倾心。

蓝印花布的制作工艺是最朴实最天然的做派。采撷田间地头随处可见的蓝靛草，与石灰、豆粉掺杂在一块儿搅拌、拍打，相互融合。在竹棍和木杷整齐划一的"号子"声中，蓝靛草逐渐绽放出惊心动魄的美，那纯净空灵、幽深静穆的蓝色呵，仿佛是雪域高原无垠的天空，又好像孕育着生命与未来的浩瀚海洋，带给人辽远深广的畅想。

蓝印花布的选材也不严苛考究，用的是乡间梭织的纯棉土布，平实敦厚的质地，细腻流畅的纹路，带着些芬芳的泥土气息，又有着温柔融暖的触感，与纯净的蓝白两色搭配倒是相得益彰。除了传统的袄裙，蓝印花布也会以蚊帐、被面、包袱、头巾、门帘的形式出现在我们的身边，那种朴素、纯粹的美感从不沾染半分矫揉造作和浮夸，仿佛生来便是为了寻常的生活。

蓝印花布的制作多为扎染，又根据操作手法的不同分为串扎和撮扎两种方式。前者犹如露珠点点、文静典雅，后者色彩浓烈、活泼跳荡，呈现出两种截然不同的美。采用古法手工印染的蓝印花布，上浆晾干后会产生如冰凌破碎般的裂纹，故被称作"冰裂纹"。这种毫无规则的裂纹，不仅没有破坏花布本身的美感，反倒让它产生了钧窑般的窑变效果。而这种美，只有借着自然之力才能产生，到了机印的花布上便难觅其踪了，不得不说是一种先进的落后。蓝印花布的图案也是极富民间色彩，"瑞鹤鸣祥""岁寒三友""梅开五富""榴开百子"等，在丰富的画面之外又寄寓了深深的企盼和祝福。还有一种曾经盛行于民间的染色工艺——夹缬，它是以有花纹图案的"夹板"来染色，印染出的图案古朴雅致，仿佛是将民间的艺术全部吸纳进了小小的一方天地里，一方花布便是一个悠远的故事，堪称"民间文化的活化石"。

蓝印花布素洁雅致的色彩与名动中外的青花瓷实是有着异曲同工之妙。那蓝，仿佛是从墨水瓶中倾泻而出的蓝黑色墨水，深邃而幽静；那白，仿佛是冬日纷飞而下的雪花，纯洁晶莹。两种色彩相互交融，便产生出了令人屏息凝神的静美。蓝印花布固然是大俗,青花却是大雅,就像张爱玲早就预言的那样"大俗即是大雅"。在时光洪流的缝隙中,无数精巧雅丽的事物成了岁月的纪念,唯有蓝印花布静静地沉淀了下来,永不老去。

(2009 年 8 月 27 日第 13 版)

新竹阿姨和崇明阿婆

王晓明

在台湾新竹,中午了,给我当助教的研究生 M 起身告辞:"我去阿姨那里买菜。"见我有点疑惑,她笑着解释:"就是大学路转弯处的那家果菜铺啦,店主不愿意我们叫她老板娘,要叫阿姨,只要是叫阿姨的,她都特别热情地招呼,还经常大幅度减价:50块,这一堆都给你啦!好像我们这些学生一个个孤身在外,她像老母鸡那样护着我们……"

我不禁想到崇明阿婆。最近10年，我经常周末去崇明，居处附近的菜场就成了常去的地方。其中有一位摆摊的阿婆，手板粗糙，一脸皱纹，一看就是习惯了整日劳作、过苦日子的人。她卖的东西不多，一堆土豆，几把小菠菜，几根细细的黄瓜，都是自家门口小块地上种出来的，远不如上海大超市里的蔬果那么肥厚光亮。但是，它们却是真正的美味之物。这位看上去苦兮兮的阿婆，也是真正的自尊之人。去她那摊上买了几回之后，她就开始额外赠送了："喏，这把葱也给你……"再以后，不但每次都要附赠葱姜，土豆黄瓜的价格也降下来，这怎么行？可每次我们付了账不取找头拔脚就走的时候，阿婆都会追上来："这个不作兴的……"于是，一个坚决给找头，一个不肯收，拉拉扯扯，其他人看着笑："到底啥人是买，啥人是卖啊！"

不只阿婆如此。住处楼下（我住2楼）的老杨，是来自安徽的农民，打工之余也在附近空地上种些蔬果，拿到菜场去卖。我们去崇明，常会给她的孙子孙女带点儿童读物和饼干糖果，她则只要在菜场看到我们拎着菜篮子,就一定截住,拉到她的摊子边,把蔬菜往里装,当然,你是甭想付钱的。她的眼睛还特别尖,我们远远地想绕过她,十次有八次被她发现,奔过来拉住:"我那里有,你不用去买!"

令人感动。活在今日这个社会,我们除同学、师生、同事、上下级、老板或员工这些通常相当被动的关系之外,很难主动发展持久稳定的"熟人"关系。同住一幢公寓楼的邻居,多半互不知晓,甚至站在一个电梯里了,也是你看天花板我读手机,彼此正眼都不瞧一下。越是被动建立的关系,一旦强制性消失如毕业了、跳槽了、被炒了鱿鱼了……就越消散得快。在这个似乎一切都变得越来越快的时代,再念旧的人,能持续交往10年以上的老同学旧同事也是寥寥无几了吧。

我们的生活世界,正日益细密地被买卖关系所覆盖,少男少女谈情说爱,都离不开电影票(可不便宜!)和麦当劳,不需要花钱的生活内容自然日渐稀少了。另一方面,科层制和规模效益的铁律,把经济系统弄得越来越庞杂:分层、外包和连锁,分厂、分公司和专卖店。造东西的人、卖东西的人和买东西的人越来越互不认得了。

于是,我们似乎跟什么人都有了关系。这些关系都只是利益的交换,没有别的内容。既然是利益交换,那就只需看是否划算,不必多话,更不能动情,恰似窄道上迎面遇见陌生的路人,就该心存警惕,面无表情,尽快错身而过,看一眼都是多余。这样的彼此以陌生人相待,正是当今世界人际交往的主要方式吧。

可是,我们能安心于彼此这么相待吗?主流媒体和商业广告,一直都大嗓门——现在更多是拐弯抹角地忽悠我们,说这就是"现代"和"发达";许多接受了高等教育的文人雅士,也津津有味地享受消费、品尝"孤独",以为这就是"现代人"的状况。可是,台湾新竹的这位"阿姨"和上海崇明的阿婆、老杨,却以坚决不当"陌生人"的本色言行道出了大家心底的判断:比起快捷和划算的买卖关系,友善、信任和互相理解的感情交往,是对人更为重要,也是人实际上更需要的。

我们到底还是不能接受这个除了家人、其他都是陌生路人的世界!

（2012 年 10 月 8 日第 13 版）

弄丢了的田园

翁敏华

总是选择居住城尾乡头。当石岚新村背后还有农田、还有小桥流水的时候,我住石岚新村;当师大新村四周还是水田、还有竹篱农舍的时候,我住师大新村;5年前搬来七宝新居,说句不怕人笑话的心声,最爱它周围绿菜弥望、林带绵长的景观。记得刚搬来的那个早春,小区后面的院墙边有一个角门,有时上锁,有时洞开。于是便在一个开门的下午溜了出去,面前竟是一大片闪着耀眼绿光的菜地！青菜拳拳，雪芹姗姗，那胡萝卜叶子细细巧巧的可着人意，弥陀芥菜粗粗壮壮的诱人生馋。

记不得是谁了，把这样的绿称作"生命绿"，称得妥！生命绿生命绿，就是生命中不能或缺的绿呵！是了。我每到一地，总是先要找绿，"找绿"就是我的"找乐"，"绿土"就是我的"乐土"，用上海话一读，两词同音。我是个下乡多年的城里人，我离不开城市，又向往乡村、向往田园。我是"身在城市心在乡"。

有仨俩的人站在那儿远远地望着我，看得出他们在窃窃地议论我。一定是很少有人这般田陌踱步、这般流连忘返的，他们好奇。或许，他们是怕我偷菜，所以才这样死死地盯着我？议论随他议论，我自闲庭信步，反正我也不偷他们的菜。咦？有人叫我，这里居然有人认识我？等那个叫我的人跑近，这才看清，原来是我们小区的保洁工小翁。于是她知道我什么都不干，就是来看看菜的；于是我知道她家的自留地就在那边。一垄一垄地跳跟着跟她过去，她拔了一大把芹菜给我。

她要把外边的老秆掰掉，我哇哇叫着不让掰，说要和叶子一同暴盐了吃。

菜地边上还有一大片空地，那是原本要造房子但终究没有造的。开发商从农民手里买下这片地，但不知为什么几年不造，这地便荒芜在那里了。有几个退休下岗的老人在那里弄土，一问，原来是他们开了荒准备种菜的。一听心里就艳羡不已，东找西找的，也为自己找了一块，告诉小翁，这一块我要了，让她替我看两天，双休日就来翻地，到时候问她家借农具。回家，激动了一夜，脑子里四海翻腾一般，思索到底种些什么好。第二天跑去单位里一说，还真有和我一样"痴"的同事愿与我同甘共苦。不日，她就从苏州老家把菜籽也给我弄来了。

日子，不知怎的变得越发繁忙起来。一天天，飞也似的，错过了春分，错过了清明。每每在见到小翁时会想起开荒，想起种菜这码事，过后又按下不提。开始时还常常问她："鸡毛菜还来得及种吗？""珍珠米还来得及种吗？"后来都不好意思张嘴了。日复一日。

突然有一天兴起,心想今儿个有空,无论如何该去实现自己的宏愿。等我下得楼去,直奔院墙角门,一看,傻眼了:角门早已是铁将军把守,那铁将军竟已有几分要锈下去的意思了。

自此,那扇角门就再没开过。小区住户为了安全,让物业公司截断了这通道。有时,趴在那门缝里往外看去,那绿色的梦,依旧会像雾一样,咝咝地顺那缝隙往里冒。

我弄丢了我的田园。弄丢了,还不甚明白究竟是怎样弄丢的。现在,唯有每日洗菜时感受田园了,感受田园与我们不绝如缕的一丝联系。

(2003年10月28日第14版)

台北的"上海热"

吴福辉

前些日子,我得机会走了一趟台湾。回来后,凡有人问起我去了多久,我总是故作幽默地回答道,去了两个世纪啊。我是去年12月里动身,今年1月返回的,恰巧横跨了世纪之交。记得2000年的最后一天我在宝岛南部万峦的一家猪脚店吃饭。这家店很普通,但因为有大人物在这里啃过猪脚,远近闻名。店墙上挂了一个大日历,只余下一页,我在"31"的前面照了一张相,作为我世纪行的证明。我到台湾是去探亲,所以时间比较从容,不必天天赶场一样在会议桌和饭桌之间穿插奔波。北部、中部、南部各处都去转了转,岛内的飞机火车乘了多次,住过朋友家乡真正的农舍,访过日据时代的林场和原住民的村落。当然,还数在台北逗留的时间最长,看过的地方也多,最后达到了拿张地图可以独立地乘计程车、公(交)车、捷运(地铁)满世界跑的水平,所以对台北的印象自然更深些。

台北的话题可以有很多,其中之一,连我最初也没有想到的,竟然是我亲身感受到的"上海热"。

台北的"上海"气氛随处可见,并不需要特意寻找。比如,小吃店门口台式的"蚵仔面"招牌虽到处悬挂着,但早点铺子有名的是"永和"。我到台北的第一个早晨吃的就是永和的大饼、油条、萝卜丝饼,是典型的上海早点,成千上万的台北人也乐此不疲。后来在著名的圆山饭店,柏杨夫人张香华请吃点心,端上来的是萝卜丝饼、蟹饺、小笼包子、雪菜面和炒年糕,且相当正宗。台北的江浙菜馆奇多,什么叙香园、银翼餐厅、极品轩，也不是有名的店，可见普及面之广、之大。说是浙江菜江苏菜，却少有杭州菜、淮扬菜。多半是上海本帮菜。我还在那里吃着了"腌笃鲜"，宁式沪味，一样地道。后来红剧场请首次来台公演《茶馆》《龙须沟》《四世同堂》的北京曲剧院的人吃饭，我有幸忝陪末座，在远企中心的红豆食府（比较有名的饭馆了）。进去一看，小餐室均以上海各区的名字命名，我们这个叫"静安厅"，我不明白主人为啥劳师动众要让远道来的北京人吃上海菜。

以上说的是吃，其他可列举的刮"上海风"的文化消费项目，像书籍。我去过多次敦南诚品店（全称是诚品书店敦化南路分店，无人不知），先是看书，后来是一次次被人约会约到这家店的大堂。我总是比台北人先到，于是在书海间游荡。陈丹燕的两本书在这里热销，一本叫《上海的风花雪月》，一本叫《上海的金枝玉叶》。还有一本《移民上海》，卖得特别好，说的是台商近年来纷纷趋赴上海的经历。这"移民"两字让我暗暗悟到，"上海热"原本是同两城之间人民的交往相关的。20世纪40年代一批上海移民到了此地，20世纪90年代又有一批台北人落脚上海。前者的移民，一般都以为仅仅是指1949年的那一次，其实不然。实际台湾光复那年，上海的商人即有规模地奔赴台北做生意，将上海的轻工业产品销往台湾，再把台湾的农产品运回江浙一带。我自己的家族史、家庭史就能证实此点，否则，哪儿来这次的"探亲"之举呢！

我这次入台，顺便参加了外甥的婚礼，于是，一下子就多出了许多姻亲。这些新亲戚的省籍就复杂了，总之不全是浙江镇海籍的上海人。他们请我听20世纪40年代上海的流行歌曲，说这在20世纪50年代的台北也属"靡靡之音"，至今让人听得入迷。他们竭力推荐我去看一部电影，其时正演得火爆，他们都已经看过了，叫《花样年华》。他们推荐的理由很有意思，说是那里面讲上海话，男女主角是住在香港的上海人，好看来兮的呀。

临近离开台北的时候，有记者约在敦南诚品店会面采访。她本来在电话里约定的问题是关于现代文学的，当她听说我研究海派文学时，立即改变话题，要我谈谈台北、上海两地的品位。结果是我吃了她的咖啡、生鱼片，发了一通两城异同比较论。待等采访稿发表出来，题目是"吴福辉游走文学双城"。

上海的历史我是熟悉的。台北我靠的是短期的实地观察，加上几张新老地图，恶补了两本书，一本是图文并茂的《台北老街》，一本是《在台北生存的一百个理由》。我由此知道这两城发展的历史实在相似。走过的都是在中国境内移民略具规模后遭逢殖民历史的屈辱路程，多元文化长期交融之后方出现了现代化程度超前于其他城市的繁华风景。台北的这些历史性地区，我真的是饶有兴趣地去调查过。我曾从新店回台北市区的路上，穿行过万华老西区，觉得仿佛是进入了这个城市的时间隧道。我独自一人逛过迪化街，就像步行在微缩的沈阳中街的楼宇间。台北人和上海人，都具有物质文化压迫下的开放的、精明的市民性。崇尚教育，讲究文明，趋利活络，求新求变处处显示出奇异智慧。不过上海近年来的快速发展，着实让台北人惊讶不已。

他们有的人因怀旧而感到亲切，有的人忽然觉得觅到了一个知音，或者很功利的，有人发现了商机。我揣测，这是不是台北"上海热"的一个主要背景呢？

台湾记者自认，上海再这样发展下去，台北俨然要成上海的缩小版了。上海到处是新式高楼的丛林，台北有些老旧了。但我觉得，台北的商店密集度似乎不比上海低，台北市民的现代生活质量也不错。我在台北捷运（地铁）的圆山站无数次地转247路汽车，因为捷运下来的乘客多，247路站头上总是排着队。队伍是长长的，稀稀拉拉的，人们看书报的看书报，聊天的聊天，车子一到，依然是不慌不忙地上去，即便是下雨天也不乱。我看这一条上海还有距离。

台北比起上海来不如的是，上海现代化的历史根源深厚，依托的经济、文化背景宏大，人才的后续劲道足。所以，那天我像开玩笑似的指着那位记者说，上海的外观硬件已经要超出台北了，别的距离一不留神也会超出去的，你们可要当心喽。

不过，台北人这样喜欢上海，倒是我预先没有料到的。这就是两城、两岸文化自动联结的结实基础。我不晓得,上海如果上演一部描写台北人(白先勇先生有名为《台北人》的小说集)的够水准的戏,能不能受欢迎?这次我在台北看《花样年华》,却很有戏剧性。当片末演职员表缓缓升起时,我骤然看到了"编剧刘以鬯"这样几个熟稔的字,当时我极兴奋。刘以鬯先生是香港最著名的纯文学作家,他就是浙江(镇海)籍的上海人,怪不得他能将香港的上海人表现得如此惟妙惟肖。我后来买了贺年片,写了观看他电影的感想专程给他寄去。不知道他收到没有。无心插柳柳成荫,刘先生你可知道你为台北的"上海热"添了一把火吗?

(2001年2月28日第12版)

上海街头

吴冠中

我每次路过上海,多半是匆匆三五天,只有很少几次是超过一个星期的。像一个虽常见面但无深交的熟人,不很了解,而其音容笑貌却是难忘的。

上海是一个神秘的地方!我在宜兴农村的童年时代,每见到上海人回乡,也总爱挤在人群中听他们讲讲花花世界的见闻。夏天,他们穿着黑色的香云纱,我以为香云纱就是上海人的标志。在上海做事的人显然比乡下人高贵多了，他们似乎很有钱，带回来的整筒饼干和美女月份牌就够令人羡慕了，后来我才知道他们都是当女工、小工和保姆的，挣钱并不容易。和99%的乡亲们一样，我的父母也从未见过上海，虽然并不算远，但上海对他们来说永远是一个遥远的天国。近几年我每到北站候车，总听到地道的乡音，年迈的乡亲们常来上海观光了，他们的子女在工厂、大学及科研单位工作，他们有福气了。

外滩是大上海的面貌特征吧，南京路一带的高楼大厦曾是上海人向乡下佬描述的骄傲。后来当我在伦敦过了一个暑假，发现那文艺复兴时代式样的古代楼房、那狭窄的街道，与南京路一带何其相似！不是伦敦像南京路，而是按照伦敦的某些模式捏塑了南京路，让人们去回忆上海滩形成的史迹吧！然而南京路还是有自己的特色的：人多。这可与北京的王府井争冠军，争世界冠军去！

有人说上海人滑头，有人说上海人聪明灵活，我同意后一种看法。从饮食烹调到糖果点心，从轻工产品到服装样式，都体现了聪明灵活。最近我看到上海一家毛纺厂生产的虎皮腈纶毯，很美，虎虎有生气，是一件艺术品，在众多老式、呆板花色的毛毯中，它应被评为毯中之王，我希望接着出现乱真的豹皮毛毯！我也见过滑头的上海人，白相人，我也曾以为上海人吃不了苦。然而我在井冈山上、在西双版纳的橡胶林中、在新疆阿尔泰的边境，遇到过不少刻苦耐劳的青年人，只是当他们暴露了"阿拉，阿拉"之后，才知原来是上海人。

20世纪30年代上海的高楼大厦，与香港差不多，此后高楼没有再生高楼，如今比不上香港了，也比不上北京了。在上海的我的老师和同学们仍大都住在拥挤不堪的里弄中，仍可体验20世纪30年代文学的环境。我去年10月下旬经上海，出站时大雨，提着行李包，撑着雨伞排进等出租汽车的长队，没希望；转入排三轮的长队，也没希望；暂找个避雨的立足之地，没有，前后左右能容人的只是马路，大雨在横扫所有的马路。"鬼上海"，旅客们骂了；"鬼上海"，我跟着骂。

我未曾碰到过上海的大阔佬，只在《子夜》《陈毅市长》等文艺作品中见到资本家的豪华排场。最近一次到上海，见到许多大饭店的门口排开成群西装革履、烫头发擦口红的青年男女，有的胸前佩戴着大红花，他们在等待频频到来的小汽车里的贵客，满是一番灯红酒绿夜都市的气氛。这真有点阔绰的气派，我好奇了，人们告诉我这个北京来的乡下佬说，这是结婚，那迎宾的队伍从大门口一直引至宴会厅，而且几家大饭店的喜宴日程已登记到 1983 年很晚的月份了。

任伯年和吴昌硕鬻画于上海。刘海粟先生在上海创办了中国第一所具有现代化雏形的美术学校。今天许多重要省市都有了较完整的美术学院，而上海没有，但上海拥有众多的画家，人才济济。凡是重要的美展，国内和国外的，北京展完便到上海，上海的展厅与上海之不相称，一如那个火车站。没有吸引我的美术活动，这大概是我每过上海多半只是匆匆三五天的缘由吧！

（1983 年 2 月 20 日第 4 版）

书的表情

伍佰下

满满一墙壁的书,让书房的那一面墙变成了家里的"承重墙"。当那一次跳闸的原因竟然是这面书墙后的一个插座时,我和丈人都近乎抓狂——单单移动这个整体书架,就得半天。

"噗——"我吹掉一口积尘,用两本书互相拍打。那厚厚的一本是《周作人传》,整整20年躺在书架一隅;稍薄、开本大一点的那本是《郁达夫小说选》上册,是丰子恺家里放不下太多书，让给了社科院陈梦熊先生，当年陈先生搬家，我帮着理书，遂原价转给我，上下两册，还钤着当时浙江人民出版社赠书丰家的印章，跟着自己更有22年之久。翻着翻着，我一屁股坐地板上了。这些各有来历的书，是一张张不同的面孔，一下子把我拖进了那些狂"吃"图书的年代。

不是装修工来，我就忘乎所以地看书了。书尘引出鼻痒，打了两个喷嚏，翻一下手机，看到微信群上有同事在赠书展的票子。起来查了一下台历，果然立秋一过，上海那座金碧辉煌的苏式建筑里，多达15万种的新书皮子，又将如一张张新面孔，或真诚或威严或讨好或孤傲地瞅着买书人。

我要来了3张。想象着在夏末夕阳还有一抹金色的时候，用手挡掉友谊会堂金顶反射的刺眼阳光，带着儿子，去赶一场墨香和嘈杂声交汇的集，情绪总是那样的愉悦。

其实我明白，现在去一次书展，不太可能再像以前那样手酸肩疼地拎回大包小包了。一则，经典的那些册子几乎都已藏下；一则，爱不释手的新卷，一眼相中的毕竟不多。向来不相信腰封推荐，热炒或包装过度者，基本上定睛搜索一番后，便果断舍弃。更何况几乎同时，不少新书总能在网上视折让幅度而沽。尽管很遗憾低折扣对书市这一行近乎自杀和他杀，却无奈手中银两还没有多到可以在书展现场随意杀下中意的那一张张"脸"来。这也几乎是大多数爱书人的遗憾吧。只有翻得放不下来的好书，才索性买了。

可是，即便所获不很多，摸摸新书皮子，还是会心痒和心动。于我而言，那么多新书带着千万种表情，辐辏于一堂，怎么说也是该去相一相、认一认的。只要实诚，只要内里与表情合拍，那样的书，买回来总不会束之高阁。

家里的书跨越了各个年代，有的泛黄，有的卷了边，也有的在曾经时兴的包书套中依然精神着。摩挲来摩挲去，似乎总是多年前的那些书系、文集、全集、文选，面孔更朴素一些，内里也更加沉郁丰富一些。那一套人文社版的《鲁迅全集》，没记错的话是160多元买下的精装本。一个亚黄的塑封底上,四个遒劲真切的字,就盖过了一切轻佻巧笑的装帧。翻开,你就能看到鲁迅的脸。20年前,研究生毕业,为了将这16册重到几十斤的全集"老鼠搬家",我每周便用双肩背牛仔包装上5本,骑车45分钟横穿徐汇、长宁到普陀的家里,加上后来的老舍、郁达夫、沈从文等文集,生生将一件那一年最时髦的紫绛绒大衣在双肩胛处磨出了两道发白的"杠子"。可是到家不心疼衣服,先检查的是文集折坏了没有。许是因了我对那一张张现代文学史上生动的面孔如此恭敬,这些文集至今挺立书架上,连角都没有卷过一本。

很喜欢那一套"探索书系"。20世纪80年代后期,一再重印的那几大本仍然脱销到难以凑齐,从"探索戏剧集"到"探索电影集",在从福州路到大学附近的各种书店整整搜索了两年,才接上龙。今天看来,这套书封面上字号超大,像极了当年那一张张意气风发、舍我其谁的年轻才子们的脸。如今,这些面孔有的消逝了,有的晦暗了,也有的经历沧桑而依然生动,最近成为我约稿的作者了。也有几套小开本的书，分量却特别。封面是竖排字体配上简洁炭笔人影的"米兰·昆德拉系列"，前年才完整读来，爱不释手；清秀简洁的封套后装着人生凄美的"三毛文集"，当年作为生日礼物献给女友，后来因为婚姻又"嫁"了回来；印着杜拉斯黑白面孔的三件套专集，至今没有看完，却一直放在书架外国文学那一"楼面"的最外层，因为《情人》让当时一介上海少年，心里画了许多天那张法国少女冷漠却也难说不是多情的脸……

那时候没有书市，没有地铁，没有许多零用钱，从桂林路出发到福州路倒车要一个半小时，同学勾肩搭背像春游一样地去，直到腿疼、手酸、面孔憔悴地回转，心头依然是热乎的。那时候最喜欢的校边书店是"马槽书店"，只去几次，腿脚不便的老太和她儿子都已认得，便开始优惠我9折买新书——那时候书利之薄非今日所能想象，可他们看我的表情就像看着马槽边眼馋干草的那匹小马。听说，在我毕业没几年后，"马槽"也就支撑不下去了。抚着那几套文集，眼前会浮现那几张脸,目光如炬,笑意盈盈。他们,还安好否?

每一届书展,票拿到后,不免自问:现在自己还能不能算一个"读书人"?这个时候,未免心生惭愧。因为,只要"忙"那一个理由,大多数时候,我们深锁书房,身心俱疲。

可是,每次友谊会堂的那扇门为书而打开,因为心中跳脱着的那一个"不死心",因为脑海里实实在在的那一句"方恨少",还是会兴意盎然地踩着步子往书展里去,就当自己还是当年那个搜到一本想要的书而激动半天的毛头小伙。

世易时移,躺在书展上的那千万种飘着墨香的表情,还有那百来个走到台前签售、开讲的面孔,琳琅而复杂,远不再是年少时简单的书皮和质朴的书能够类比。不过,我知道当下的热闹里,或许隐存着一重危机和落寞,巧笑与迎合,也许依然不能遮挡住在阅读习惯、平台和人群变迁后,如今出版业日益艰难、亟待转型的境况……好在,书还在出,书展人气还那么旺。我想,只要有好书,只要还有各个年代走向友谊会堂的那些爱书人、读书人，只要书面皮子背后的表情不僵硬、不猥琐、不纠结，文化和书业转型而非凋零，写书人和出书人挺拔而不佝偻，那一抹书香再淡然，还是会潜伏于很多人的心头，聊以慰心养神。于是，爱书人就还是有地方安放灵魂。

（2014年8月16日第8版）

怀念应云卫

夏　衍

今年是应云卫同志诞辰90周年,他比我小一点,但他却已经去世27年了。我认识应云卫是在1929年,到他去世的1967年,我们相交近40年。

应云卫是中国话剧运动先驱者之一。在20世纪20年代,他开始搞话剧运动时,是上海有名的大资本家虞洽卿办的一个轮船公司的副经理。当时他有着优裕的生活和美满的家庭,本来是可以过着愉快舒适生活的,但他偏偏爱上了话剧，不仅是爱上更是迷上，他为话剧运动奋斗了一生。可以说，他为了戏剧什么都牺牲了；为了戏剧运动，含辛茹苦，典当借债。在旧社会白色恐怖的情况下，为了演出新戏，向剧场的老板、向戏剧检查的国民党官吏磕头作揖，也是为了推动话剧运动的发展。

20世纪20年代初，他在上海组织戏剧协社（业余剧团），不惜倾家荡产，还不得不到处借债。以他当时的社会地位、声誉，本来可以不必干这种事的。他的穷，他的困难，为的是什么？这在今天的年青人看来是难以理解，难以想象的。有一次他来找我，说是要借钱，让我介绍××人，这个人现在还在香港，是个银行家。我看他手上戴着个金刚钻戒指，我就对他说："你把它卖了不就行了。"他说："不能卖，我现在借钱就靠这个钻石戒指，假如我这个戒指没有了，别人就会说，老应不行了，连金刚钻戒指都卖掉了，所以非戴着这个东西才能借到钱。"他对我讲："我不择手段，不择手段做坏事不行，做好事也不容易。"云卫就是用这种办法来搞戏剧运动的。

另外，剧作家也是不好对付的，因为各有各的脾气，但云卫能够对付得很好。老实讲，我有几个剧本都是他逼出来的，如《上海屋檐下》《法西斯细菌》及《复活》。说实在的，我是被他的行动感动了。1942年夏天，我住在天官府郭老家的楼上，重庆的夏天，天气热得不得了，我就开着房门睡在地上。半夜12点我正睡得挺香，突然一个人倒在我的身上，吓了我一大跳，打开电灯一看，原来是云卫。他说："今年雾季没有戏演了，你非给我写不可。"他就坐在地上不走，逼我8月底交稿。我感动了，一口答应写，8月底一定交稿。但我对他说："我写出来能不能检查通过，没有把握。"他说："国民党检查的事，我有办法对付。"《法西斯细菌》写完后，我把剧本交给云卫，他看也没有看，拿了就走，对我说："我保证，最好的演员，最好的导演，把这戏演好。"我说："你剧本没有看，怎么晓得通得过通不过呢？"他说："你放心，我有办法。"当时新闻检查官叫卢觉吾，这个人也是怪人，他是国民党C.C.（即中央俱乐部)方面的人,是戏剧检查处处长,他也想当个剧作家。云卫告诉我:"如果剧本通不过,我只要和他咬咬耳朵:你将来写个戏,我给你演,保证演好。这样就行了。"他用这样的办法剧本竟然通过了。

现在讲戏德,那时不像现在,搞戏剧谈何容易,困难重重,有来自国民党的压迫,而戏剧界内部的问题也很多。所以,50年前的1944年,云卫40岁的时候,在重庆,我们在张骏祥领导的中青剧社开了一个小规模的座谈会,庆祝他40岁生日。同时,一些人写了些文章在报上发表,我也写了一篇文章。那时,宋之的忽然想起,光写篇文章,开个小会不行,我们来写个剧本,就拿应云卫为主角,来庆祝他40岁的生日。于是,我、宋之的、于伶3人合写了一个《戏剧春秋》,其中的陆宪揆,当然是虚构的人物,但是或多或少地写的是应云卫。当然写了他为戏剧运动而牺牲,甘冒一切困难,敢于承担一切重任,来搞戏剧运动的一面;也写了他旧社会资产阶级知识分子所有的旧的烙印。金无足赤,人无完人嘛。他一生乐观主义,他的乐观主义是应云卫所特有的。当然,《戏剧春秋》里的陆宪揆,我们没有写好,但多少反映了老一辈戏剧工作者走过来的道路,这是很不容易的。

云卫这个人笑口常开,好像从来没有什么困难似的,实际上他将所有的困难都咽在肚子里,也从不对人讲,因之也有人对他产生很多误解,他也往往一笑了之,从不解释争辩。在重庆演戏,常有特务找麻烦,有时还有生命危险。但云卫都能对付,他真是三教九流都不在话下。我们这些人无法对付,但他能对付。对付这些为什么?求情、借债、磕头作揖,为什么呢?就是为了话剧运动。但话剧运动对他有什么好处呢?我看没有什么好处,只有吃苦受罪。他也不怎么爱出名,无名无利可图,他却有这么一种劲头,为话剧运动献出毕生的精力和生命。

现在我们讲改革,讲创新,现在是信息时代,要了解各方面的人,懂得各方面的情况,懂得怎样来对付。像云卫这样的人,死去太可惜了!特别是他在各种不同环境中所表现出的善于克服种种困难的组织领导才能、对戏剧运动所做出的贡献，实在应该在中国戏剧史、话剧史上大书特书，要学习他这种毕生含辛茹苦，敢于承担一切艰难，为戏剧运动而奋斗终身的精神！

（1994年9月27日第9版）

草 莓

肖复兴

如今一年四季可以买到草莓。冬天,草莓包在透明的塑料盒里,一盒只装精致的几颗,玲珑剔透得像工艺品。到了开春,卖草莓的臭了街,到处是红艳艳一片,晃人的眼睛。

如今的草莓一点儿不甜,而且,一年比一年更加不甜。

人们说,都是化肥催的。种草莓的农民,知道城里人爱吃草莓，便多种草莓，多撒化肥，为了多赚城里人的钱。草莓的个头倒是越来越大，颜色越来越红，价钱越来越贵，就是不如以前的甜。不是天然生长的东西，就是成色不一样。想起罗大佑唱的歌："眼看着高楼越盖越高，人们见面的机会却越来越少；苹果的价钱卖的比以前高，可味道却不见得比以前的好。"苹果如此，草莓一样如此，想世风世情闹得连水果的味道都江河日下，拔苗助长，徒有其表，中看不中用不中吃之类，便不足为怪。

我小时候没有吃过草莓。那时候，北京也没有卖草莓的。我第一次吃草莓，是在十多年前。不是在北京，是在上海绍兴路附近，离上海文艺出版社招待所不远的一个很小的菜市场。那时的草莓没有现在的个头大，也没有那么鲜红。它们摆放在一个棕色小篮里，篮底铺着一层绿叶，不知是不是草莓的叶子。满菜市场只有这一小篮卖，便显得格外醒目，水灵灵的，像眨着眼睛的小星星，做着悄悄的梦。卖草莓的小姑娘告诉我们："是今天早晨刚刚摘下的，还带着露水珠呢！"

朋友买下一小包,用手绢托着,像托着一汪汪露水珠,生怕碰破流水,又像托着怕飞跑掉的小鸟。

因为都是第一次吃草莓,朋友用水洗得格外仔细精心,连每一颗草莓根部的绿蒂都摘下,草莓不是现在这般血红欲滴,而是一半粉红,一半白里透青。那种被水清洗得晶莹透明的颜色,让我想起第一次见到九寨沟明净透澈的湖水那种圣洁如诗的感觉,以后见过再多的水,也没有丝毫未被污染的洁净感觉了。看来有些事命中注定是一次性的。

那草莓的味道更是难忘。说甜只是众多味道中的一种。那种甜,不是苹果的甜,苹果的甜是干甜,缺少水分;不是西瓜的甜,西瓜的甜是水甜,水分过大。那种甜含有田野中泥土、露水、草木、阳光和月光的清新。还有一种微微的酸味儿,田野上飘过的清风,让人回味唇齿留香。

我只吃过一次那么甜的草莓。以后,我曾多次到过上海,都再也没有吃过那么甜的草莓。有一次到上海,朋友特意跑到那个菜市场给我买草莓。正是开春的时节，满菜市场都是草莓，红艳艳一片，颜色越发鲜红，个头越来越大，只是，再没有当年那种味道了。

（1996年4月27日第9版）

粉墨生涯忆上海

新凤霞

我在上海出过很多洋相。上海南京路一向是热闹中心，我最喜欢上海鞋，最有名的是蓝棠皮鞋店。电影演员秦怡、孙景璐都送过我蓝棠的鞋。我在门前一看就被它吸引住了，进去看花了眼，哪双都好看，哪种颜色都漂亮。我挑了两双高跟鞋，服务员一看我们这一群北方人有点眼熟，发现我们是演员，对我们非常耐心和气。上海的服务态度真好哇！我们几个人买鞋挑

回去打开盒子一试鞋,糟了,有一双鞋是一只大、一只小(丁聪插图)

来选去,挤在柜台前,也够人家忙的了。我又给我家的人买了鞋。我从来不会算账,就把钱包放在柜台上说:"你看要多少钱,你就拿多少吧。"那售货员取出了应付的钱,我慌乱地拿起鞋盒就回去了。回去打开盒子一试鞋,糟了,有一双鞋是一只大、一只小,这可真粗心!陪我去的有赵丽蓉、张洪山,他们也都买了鞋。我坐在那里看着鞋生闷气,退换吧,我已经起不来劲儿了;可是不退的话,人家鞋店里也是一只大一只小呀!好心的张洪山看出我的心事,说他替我去换,还让我再试试大小。他去了蓝棠鞋店,人家不单为我退换了鞋,经理还亲自跟张洪山来后台见我,向我当面检讨,说是工作粗心,向我承认错误。第二天,一位青年售货员同志还来后台送我一双鞋,他说:"这双平底鞋是表示歉意的,经理叫我来送给您的。"我太感谢他们了,由于我自己糊涂把鞋挑来挑去搞乱了,人家反而向我认错,真不该。这又是我笨手笨脚造成的,我至今也忘不了我给上海人制造的麻烦。

在上海演戏的时候正是黄梅天,天天下雨,马路上积的水连三轮车轱辘都没过了。我们担心:这么大的雨,上海观众还能来看我们的评剧吗?谁想到上海观众这么热情,一个星期卖光了一个月的戏票。前台经理对我说:"你们是解放后第一次来上海的大剧团,南方人、北方人都喜欢。你们的戏一看就懂,观众很喜欢。希望你们有机会常来上海。"

那时陈毅同志做上海市长,在北京,陈老总常常看我们的戏,我也常有机会见到他。记得1951年,陈毅同志找我爱人祖光一同去齐白石老先生家里求画,和老人一起吃饭,还一起照了很多相。

陈毅夫妇看完戏后还上台来接见我们。陈毅同志说:"我看了你们的戏,好的意见要提,不好的地方我也要说。看了你们演的《志愿军的未婚妻》,这是一出好戏。我是军人出身,看见戏中这么好的军人家属,我很高兴。唱得好,做得也好。就是你们的舞台布景太笨重了,穿的戏衣太写实了,贫下中农就非得穿这些破衣服呀?衣服太不讲究了,还有好多皱褶,戴的草帽又太新了,是从店里才买来的。戏曲舞台要有艺术加工嘛!满台都是布景,演员不好表演,这叫演员为布景服务,从节约来讲也不对嘛!再说一下,你们头一场为什么不演《刘巧儿》?新凤霞唱《刘巧儿》,不是上海也放唱片吗?应当先演《刘巧儿》,再演《志愿军的未婚妻》,这是我在汽车上听司机同志对我提出的。我是有群众反映的,不是我陈毅乱说。"陈毅同志直爽亲切,我们都围在他身边,喜欢听他讲话。还有一次我去陈老总家,在汽车里张茜同志对司机同志说:"你的意见新凤霞他们团已知道了,《刘巧儿》就要演出了。"还记得陈老总和张茜同志给我们送来一筐西瓜。在上海演出时间虽不长,但从领导到同行兄弟姐妹们、热情的观众们给我的热情支持,使我至今不忘。想起旧社会评剧演员在上海遭的难,真是两个世界!

1975年,我由于受迫害得了重病,在这之前也早已被迫离开了舞台,疾病又使我永远失去了演戏的条件,今后作为舞台演员再来上海是不可能的了。但是上海留给我很多美好的记忆,那里有我的老朋友,领导过我的老首长,更多的是我所热爱的老观众。上海的前程似锦,我写了这些作为我对上海的怀念。

(1982年5月4日第4版)

难忘天平路

徐城北

陆诒伯伯去世了,我很悲哀,想起1968年"走投无路"时投奔他的情景。我当时26岁,已在新疆塔里木河工作,但又被武斗打回北京。刚回北京就赶上轰外地人,偏巧新疆武斗升级——偌大中国,真没有我立锥之地了。母亲(按:系著名记者子冈)对我说:"这样吧,家里支持你一些路费,你出去认识一下祖国,等形势平稳后再回新疆。记住:咱们确有困难,但不能没了理想。"

在母亲的策划下,我去天津、青岛各待了几天,然后乘海轮去上海。我按照陆伯伯的事先指点,在十六铺码头登岸,往北走不远到海关,乘 26 路无轨电车到武康路下车,一拐弯就是天平路小弄堂。陆宅到了,是一个日本式的两居室。陆伯伯和他的夫人热情地在家里欢迎我。"我指的道儿,绝不会让城北走弯路的!"陆伯伯颇自豪,随即对老伴说,"子冈兄交给的任务,能不好好完成?"得到的是无声的微笑。

陆伯母不工作,家务整理得井井有条。整个家就靠陆伯伯一个人的工资。"虽然不宽裕,可你陆伯母善于操持,我们的生活还是很好的。"我注意到,他话语中的那个"陆"字很响亮。他向老伴投去自豪的一瞥,得到的仍是无声的微笑。

陆伯伯像钟表一样作息,电视只看《新闻联播》,收音机只听《天气预报》,每早乘 26 路去报社上班,晚间大体准时回来。我问他,工作忙吗?他慨然一笑:"有忙的人,但不是我。我能忙出什么?又胆敢让我忙吗?"

他要求我每天都得出去"参观上海",他指给我许多"必须一看"的景观,以及去的路径——通常都是乘26路坐到某站再换车,原路去原路回。晚饭后就是闲谈,他总是先让我谈观感,然后由他盘问——这盘问又使我想起不少细节,最后由陆伯伯点评我今日的"采访"是否成功——他总是说:"我得向子冈兄负责!"

我午饭在外边自己解决,晚饭一定回家吃。他家晚饭本来是喝粥的,由于我来,才改为了正餐。我提到交"伙食费",母亲也从北京寄了钱,他取回后又交给我:"你自己收好,下边的路程用得着。"

他儿子正读大学,我平时就睡他儿子的床。周末儿子回来,陆伯伯让我不要动,却叫儿子打地铺……他每晚回屋休息之前,一定要鞠躬和我郑重"道别"。我有点奇怪,他却一指儿子:"我们家就是这样,我和儿女是朋友,儿女大了之后,我就这样鞠躬和他们道别,欢送他们去走自己的路。"

我为有"高人指点"感到兴奋,同时又不好意思总住下去。几次告辞说准备去苏州看我母亲的亲戚。"你母亲早没亲戚了,我还不知道?我和你父母的友情是经过炮火锻炼的。只要我不催,你就住着。只是每天出去,不要拣人多的时候,你就行色匆匆,像上班下班的那样。"

当然,最后我还是走了,离开了上海,在祖国的怀抱中又走了一年半,历经22个省区。在如此漫长的旅途中,我一直记得天平路——从十六铺登岸,先到海关,再乘无轨电车往西,走很远才是武康路,下车一拐弯就是天平路。可我后来的游历,并不像上海这样"有序",时常遇到意外情况,包括突发的武斗,那就只能拼命跑,跑哪儿算那儿。

再后来,终于在平稳的气氛中回到新疆。那情景是相似的,由北京向西走很远,到乌鲁木齐下火车"一拐弯"(坐长途汽车要走4天),就是我工作的塔里木河。再再后来,我终于调回北京,干上我当初学过的京剧专业。在这些年平静的生活中,"26路"那条横贯上海的大干线,时常引起我的神往。写戏、写文章、写书,也如同由海关登车一直向西,最后一拐弯(撂笔),也就成了!这条令人神往的"26路"啊!

(1997年5月15日第9版)

远方的上海

徐锦江

那年夏天,我独自躺在一间房子里,某天早晨,我睁开睡眼,听见一片在初明的空气里显得格外清澈的市声,然后我的视线穿过帷帘半掩的窗口,看见对面那幢坚实的灰色建筑物,看见这种建筑特有的半壁中朝向街面的单扇落地钢窗,窗墙上悬挂着一些藤本植物。我起身走到窗前,看见一条不宽的马路横过眼皮后绕弯消失,一棵高大的梧桐树神情自若地摇曳。这一切都是我熟悉的景致,我看着这样的街景长大,那是我母亲家所在的街道。因为有这样一些熟悉的物象,这个早晨显得格外柔和、熨帖。然而,猛然间的一个闪念,我突然想起,这并不是故乡,这是南方,我正在一座异地的城市,一幢陌生的房子里,眼前的一切只是一个幻景。瞧,那边墙面上的斑记,拐角处的那个水果摊,还有那些在摩托声中闪烁而去的南方的面孔,都不是我的。我的家远在千里之外,在一座名叫上海的城市里,我的心因此立刻变得突兀不安。

我慢慢回忆起了来到这座城市后的一些情景,我拼命地拨电话寻找相识的名字,渴望同他们交朋友。在嘈杂的大排档或者海鲜舫,我有幸同他们中的几位见上了面,但是话题总是充满了南方的骚动。一条条玉臂、一张张粉影在眼前晃动;不远处,正在表演傣家舞蹈,夹杂着抛彩球的开奖游戏,尾音很重的嗓音正一浪高过一浪。还有一次,我作为被邀之客,身处一大团搅和得热乎乎的方言之中,作客的感觉使我倍感孤独,对深水鱼和洋酒的嗜好,大哥大声的此起彼伏,还有满嘴的商业词汇和南方切口……瞧着这些容光焕发的颜面，我懵懵懂懂，处于失语状态，浑身不自在。我无法去指责别人的生活，他们都是满足的，快乐的，在他们的世界里高高兴兴。后来我又去了城市里的其他一些地方，那条充斥着广告和彩带标语的中心商业街总是人潮汹涌，感觉混乱的火车站，还有一幢幢高楼拔地而起的新兴居住区，我还时常处身于拥挤的街道中饱受塞车之苦。这一切应该说同我家乡的城市并无二致，我似乎也能很容易地理解它们，但是我却无法感受它们，我是说，从它们的内部，我无法找到它们的精神脉络。而在所有不适的背后，还隐藏着一种更大的失落，在异地他乡，我再也无法感觉到历史所曾赋予过上海人的那种荣光，再也无法呼吸到一直朝夕相处的母城的文化气息。在这座城市巨大的物质尺度下，我的母城显得迟缓而内敛，我的精神因此无所附丽。在种种困扰之中捱日，终于某一天，我怅然归去。

若干年后的某个夜晚，我乘坐开通不久的地铁一号线，穿过充满现代感的人民广场，行走在华灯初上的南京路上，通过玻璃顶棚下的平行自动电梯，走进刚刚开张的新世界商厦。一位南方的朋友走在我身边。当我用略带夸张的口气介绍上海这两年的变化时，我听见了他尾音很重的赞叹声，但我知道他心不在焉，并不自在，他只是在例行观光，而我则陷入了无法自持的"自恋情结"中。在我的背后，站立着亚洲第一塔东方明珠，世界第三斜拉桥南浦大桥，中国最大的开发区。在我面前，则是这样一种氛围：考究的装潢，得体的陈列，其他城市见不到的橱窗艺术和优雅迷人的霓虹灯。在这样一种富有格调和品位的文化情境中，我呼吸平静，滔滔不绝，如鱼得水。是的，我又见到了那些熟悉的街景，事实上，它们正以日新月异的速度变化着。就拿我母亲家的那个街区来说，名品城、蛋糕房、黄金行以及一幢幢高层物业正急遽地把我们带入现代化，但是我依旧熟悉它们，因为我了解它们的过去。美容院不过是过去的理发店，那位特级美容师不过是小时候用两只热水瓶给我们洗发剃头的阿胖师傅的儿子，他的热水还是从我们家打的。杂货铺加上米店合起来成了超市，那个涂脂抹粉的收银员不就是过去那个在购粮证上涂涂写写的姑娘吗！我生活在有同样文化背景和社区背景的朋友们中间，看我熟悉的报刊电视，说我想说的话，在同南方朋友交谈时，我不再困惑和失语，还有什么比这更好的。而这，正是上海这座我熟悉的城市，我无法放弃它的巨变带给我的精神安慰。

走遍中国，还是上海好。这是许多风尘仆仆的上海人由衷的感叹。即便那些去国怀乡的上海人，也时常会露出这样的眷恋。上海之美，更多地属于上海人自己，只有上海人，才会这么动情地谈论它、谛视它、辨析它。在一个接一个开张的大商场里，在一座又一座落成的大桥上，在一幢接一幢竣工的大厦间，上海人的呼吸终于平匀了，上海人的灵魂终于有所附丽了。他们又可以自信地外出，自豪地回家了。

我想，这正是来自远方的祝福：上海，让我们喜欢回家。

(1996年4月9日第9版)

凡人的尊严

薛 舒

送儿子去安排他的住宿,儿子的新学校位于上海最繁华的地段,宿舍是在校外的,一幢想必是孤岛时期建造的老上海大楼里。大楼有着厚重的石砌外墙,坚实庞大的构架,线条简洁,具有西方古典复兴式风范,楼洞的双开门拱楣上有雕刻,稍带了些巴洛克的华丽,只是年代久远,有些磨损。老电影里,这样的门楣上大约会吊一只红十字灯箱——低调而又显然的西医诊所标志，通宵亮着，在1930年冬季的夜晚，以暗弱的白底微光安抚着周边每一栋居所里生息着的市民。

高架路的两侧是一幢幢老楼，以及躲藏在门脸背后弄堂里依然生存着的石库门居民。站在儿子的宿舍大楼门口，举目即可眺望黄浦江东岸的东方明珠和中国第一高楼环球金融大厦，只不过并不是宽阔的视野，而是由楼群开辟出的一条银河。银河通向的那一边，是高耸入云的当代金融文明，这一边，却是老上海历史的沉淀。小门面的私人胭脂店，昼夜经营的连锁便利店，修理电视机照相机的铺子亦是由透亮的玻璃围绕，收拾得干净利落……此地，让我感觉甚好，好在有着缕缕生活气息。

儿子和他爸爸提着行李进了楼洞，因为街边没有停车位，我只能留守在车里等候。我想把车再开得靠边一些，不要影响了路上的行车才好。可街沿边站着一个中年男人，我的车贴近他时，他也不移动寸步。心内就对这个中年人很是不满，站着不走看风景，也不必如此逼近车道。

他瘦削而微黑的面庞上有几近深刻的皱纹，并不太大的眼睛坚定地看着马路对面的远方，目光竟纹丝不动。心里一惊，随即发现他手里还有一根细棍，红白荧光条纹，夜间发亮的那种。顿时明白，他是一个盲人。兴许已经站了良久。对面是江西路岔口，也许，他要过马路，但车流如水，汽车的轰鸣声没有停止过一秒。他的听觉一定告诉他，他过不去。

于是打开车门，走到他身边问：先生，你要过马路吗？

他立即侧耳向我，脸上露出笑容：不是，我在等人。

果然是盲人，只是站得太靠车道，不安全。刚想告诉他退后一步，却听他开口道：请问，现在几点了？

一口纯正的上海话。我拿出手机看：现在是10点50分。

哦，谢谢你啊！那再请问一下，马路对面是不是云南路？有没有一个车站？他又含笑询问，态度谦逊有礼，语气却没有一点卑琐。

"云南路离这里还有一站路呢。"我拉起他的手指向右边。他点头微笑道谢，便不再说话。

我有些放心不下,倘若与他相约的人说好是在云南路的某个车站等,那么他站在这里,岂不永远等不到?我说:你是想去云南路吗?还有好几个十字路口呢。你等的那个人有没有手机?我给你拨个电话给他吧。

他说有,随即报出一个电话号码,报完又补充道:谢谢你啊!我会给你钱。

电话拨通,是一位男士,我说:请问,您是不是要去见一个……我不知道如何说下去,他就站在我身边,造次的称呼会不会对他不尊重?却听见他在一旁提示:见一个盲人。

他自称盲人,十分坦然。我赶紧对电话说:请问,您是不是要去见一个盲人?

得到肯定回答后,便对电话中人说,他要等的盲人正在江西路口延安东路270号门口。

挂上电话,告诉他,他要等的人很快就到,至多10分钟。他连道谢谢,手里早已捏着两个准备好的硬币递给我。

我说不要,便朝车上躲去,他长长地伸着手,却是无法追着我给钱。最后，许是感觉我已经走开，便朝着我的方向又微笑着道了声谢谢。然后扭头，继续安静地"眺望"着远方，等待着他相约的人。

我就坐在车里，隔着挡风玻璃看离我只3米远的他。他可真不像个盲人，他的眼睛不是那种显然失去视觉的一双黑洞，也没有戴那种欲盖弥彰的墨黑眼镜。他的衣着质地并不华贵，却干净，颜色还鲜亮，他一定是希望以健康良好甚至帅气的形象示以世人。可适才他还坦然地提示我，我可以把他称为"一个盲人"，他好像并未因此而自觉低人一等。他在接受我的帮助时，更不忘及时告诉我，他会给钱的，并且早早地把两块钱准备在手里。也许，他最担心的就是那些所谓的健康人的误解，他想让我知道，他不是一个乞讨者，他不需要施舍，他只是身体残疾，可他一样有着独立的人格和自尊。

这么想着，我就觉得，他可称得上是一名绅士，谦逊、明智、坦然并且自尊的绅士。

我无法猜测这个年似50的盲人的出身和学养，想必他是住在延安东路后面某条弄堂里的居民，一个最普通的上海人。然而，一个双目失明的残疾人都可以有着如此的尊严，即便只有两块钱的卑微的尊严，亦是见诸一个有尊严的人的品格，如此，便让我不由得对他心生敬重。

倘若这个大都市里每一个健康的市民，都具备了如此高贵优雅的绅士风度，倘若大都市怀拥的市民们，每一个都是如此的自尊而省明，这个城市，才真正不愧为一个百年文化积淀下来的文明优雅的城市吧。

5分钟后，一个年轻男人从江西路过马路，与中年盲人接上头，然后搀扶着他走了。我终于放下心来，那会儿，我忽然为自己身为这个城市的市民而感到略微的骄傲，只是暗觉奇怪，这份骄傲的情绪未曾从盛大的庆典抑或101层的中国第一高楼上得到，而是来自一个盲人。

儿子的爸爸从楼洞里出来，由他坐在车里，换我上楼"视察"儿子的宿舍。毕竟是老建筑，近百年的风雨沧桑并没有使它腐朽变质，宽敞的走廊，洁净的电梯,红漆地板的房间,没有双层叠铺,而是一张单人床、一架书橱、一张书桌组成的个人空间,比现今普遍住房高出至少一米的屋顶,使六人的房间丝毫不显拥挤……儿子的床铺临窗,窗外是车水马龙的延安路,侧过视线往东看,就是万国建筑博物馆的外滩——老上海的标志,将在儿子16岁以后的高中生涯,与他咫尺相伴。

(2012年7月26日第11版)

到申报馆看爸爸

杨 绛

我10岁,自以为是大人了。其实,我实足年龄是8岁半。那是1920年的2月间。我大姐姐打算等到春季开学,带我三姐到上海启明女校去上学。大姐姐也愿意带我。那时候我家在无锡,爸爸重病刚脱险,还在病中。

到了"月头礼拜"(启明女校的规矩,每月的第一个星期日,称"月头礼拜",住本城的学生放假回家),

学生都由家人接回家去。她们都换上好看的衣服，开开心心地回家，留校的小鬼没几个。我们真是说不出的难受。管饭堂的姆姆知道我们不好过，把饭堂里吃点心剩余的半蒲包"乌龟糖"（一种水果糖）送给我们解闷。可是糖也安慰不了我们心上的苦，只吃得舌头厚了，嘴里也发酸了。直到回家的一批批又回学校，我们才恢复正常。

记不清又过了几个"月头礼拜"，大姐姐有一天忽然对我说，要带我和三姐到一个地方去。她把我的衣袖、裤腿拉得特整齐。我跟着两个姐姐第一次走出长廊，走出校门，乘电车到了一个地方，又走了一段路。大姐姐说："这里是申报馆，我们是去看爸爸！"

我爸爸已经病好了。他那时在申报馆任职，以"老圃"的笔名写时评。如果我是在现代的电视里，我准要拥抱爸爸。可是我只规规矩矩地站在爸爸面前，叫了一声"爸爸"，差点儿哭，忙忍住了。

爸爸招呼我们坐。我坐在挨爸爸最近的藤椅里，听姐姐和爸爸说话。说的什么话，我好像一句都没听见。

摄于 20 世纪 20 年代的申报馆大楼

（《解放日报》资料照片）

后来爸爸说："今天带你们去吃大菜。"

我只知道"吃大菜"就是挨剋，不是真的吃菜，真的大菜我从没吃过。爸爸教我怎样用刀叉，我生怕用不好。爸爸看我有心事，安慰我说："你坐在爸爸对面，看爸爸怎么吃，就怎么吃。"

我们步行到附近青年会去，一路上我握着爸爸的两个指头，走在两个姐姐后面。爸爸穿的是哔叽长衫，我的小手被盖在他的袖管里。我们走不多远就到青年会了。爸爸带我们进了西餐室，找了靠窗的桌子，我背窗坐在爸爸对面，两个姐姐打横。我生平第一次用刀叉吃饭，像猴儿似的学着爸爸吃。不过我还是吃错了。我不知道吃汤是一口气吃完的。我吃吃停停，伺候的人想撤我的汤，我又吃汤了。他几次想撤又缩住手。爸爸轻声对我说："吃不下的汤，可以剩下。"回家路上，爸爸和姐姐都笑我吃汤。爸爸问我什么最好吃。我太专心用刀叉，没心思品尝，只觉得味道都有点怪，只有冰激淋好吃。我们回到申报馆，爸爸带我们上楼到屋顶花园去歇了会儿，我就跟着两个姐姐回校了。我最近听说，那个屋顶花园至今还保留着呢。

如今修葺一新的申报馆屋顶花园

（金定根　摄）

(2003年7月14日第15版)

上海因酒而来

叶 辛

写下这个题目,我也犹豫了很久,迟疑了相当长一段时间。

我们这一代人,20世纪50年代读书时,就从课本上读到一段话,说700年前的上海还是一个小渔村。课本是神圣的,于是乎整整一代人以及以后的两代人,将这个说法延续下来。到了20世纪80年代,有一本描写宋氏家族的书翻译进来,那本书上说,这地方离海近,很多人要到海上去,就从这里上船,驶出黄浦江,于是"上海、上海"就叫开了。再后来进一步开放,说毛泽东主席当年也曾问过,上海为什么叫上海?既有一个地方叫上海浦,那么有没有一个叫下海浦的地方?

主席发了话,于是乎就去找,果然找着了下海浦,据说还有下海庙,一度香火十分旺盛的。到了前几年,还有人嚷嚷着,要重修下海庙,重振它的雄风。

有人说了,上海是到海上去,下海也是到海上去,为什么最终取了"上海"两字作地名,没有取"下海"?

可见对此种说法是有疑惑的。

那么我为何偏偏要讲"上海因酒而来"呢?

现在我们知道了,700年前的上海滩,不是想象中的一个小渔村,而已在咸淳年间(1265—1274年)正式命名上海镇。此后又过了17年,到了1291年,元朝正式设立了上海县,隶属于当年的松江府。无论是县还是镇,都和小渔村是截然不同的,是两个概念。

上海县也好,上海镇也好,和"酒"又有什么关系呢?这就还得把历史往前推。

原来,早在上海称镇之前的200多年前,天圣元年（1023年）,北京到秀州十七大酒务,那时候船舶在上海浦附近一带停靠,带来了沿岸商贾的日益繁盛,人流的熙熙攘攘,商业集市迅速崛起,应酬交往越来越多,要做贸易、谈生意,就要坐下来吃喝,就需要酒。故而上海浦周围的酒生意就特别好。酒的交易多了,政府就要收税。包括华亭、海盐在内的秀州十七大酒务中,就有上海务。

设立了专收酒税的上海务,上海的名气就超越了下海浦,超越了江南沿海千百个普普通通的地名,用今天的话来说就是"脱颖而出"了。有了上海务,200多年后设镇,自然而然就叫上海镇,再后来立上海县、上海市,也就顺理成章了。

至于将近1000年前的上海务,收的是黄酒税,还是白酒税,抑或是果酒税,我就说不上来了。有酒专家来跟我说,那时候的酒,通称叫上海甜酒,味道和现在驰名天下的茅台酒有异曲同工之妙云云。我只能笑笑说,那得留待进一步考证了。

(2010年11月8日第13版)

雅致是上海的空气

易中天

去年,广州的《新周刊》推出"中国城市魅力排行榜",称上海为"最奢华的城市",我以为是欠商量的。上海,怎么是"最奢华的城市"呢?即便"很久以来上海人一直在一些顶尖的享受上花费着他们的开销",他们追求的也并不就是"奢华"。在上海,并非"贵的就是好的"。不要说节衣缩食讲实惠的上海小市民不这么看,一掷千金"掼派头"的"大市民",也不这么看。

正如《最奢华的城市：上海》一文的作者自己所说，一件东西或一种享受要让上海人满意，并不是只要价钱昂贵、能显示身份炫耀财富就行的。它们还"必须好看、精美、有象征的价值，而且是在最小的日常生活细节上"。下面这句话也是对的："这需要修养与品位，而这正是上海让其他城市难以望其项背之处。"

显然，这样一种追求，与其说是"奢华"，不如说是"雅致"，而上海，其实应该称为"最雅致的城市"。关于上海和上海人的"雅致"，写得最淋漓尽致的大约就是陈丹燕的《上海的风花雪月》一书。只要翻开第一页，读一读《时代咖啡馆》，就立即能感受到上海人那经过长期熏陶形成的极有品位的"最优雅精致的生活方式"。柔柔的外国轻音乐，有一点异国情调，但不先锋；暖暖的进口咖啡香，也有一点异国情调，但不刺激。领台小姐谦恭而不媚俗，男女客人体面而不骄人。点菜的时候，男人稍微派头一下，女人稍微矜持一下，配合得恰到好处，也都不过分。"这就是上海的气息"，而这个气息就叫作"雅致"。

不要以为这份雅致只属于"资产阶级"。它也是那些住在弄堂里、睡在亭子间干干净净小木床上的女孩子们的做派。有着"女性养成"传统的上海母亲,总是能把她们的女儿调教得那么可人心意,既不乡气又不张扬,穿着打扮举止言谈都那么得体。这就是雅致。实际上,雅致是上海的情调。它就像空气一样,弥漫在大上海的上空,无孔不入。而这种雅致,尤其是上海小市民的"雅致",则又是上海人的精明造就的。正是这种精明,使他们能够亦步亦趋地跟上上流社会的雅致,而不会或至少不会在外地人面前露出破绽。可以说,上海,是一个雅致的城市;上海人,则是精明的一族。

上海的雅致其实是很明显的。

上海无疑是中国最大的城市。然而,上海虽然大,却不粗。在上海,无论你是站在摩天大楼下,还是走在逼仄里弄中,都不会有"粗"的感觉。因为上海是按照工业文明最雅致时代的理想模式打造出来的。于是上海便有了一种"雅致的气派"。这种风格是不同于北京的。北京也是最气派的城市,但北京的风格不是雅致，而是庄严、雄浑、雍容、华贵、典雅、厚实。这些风格在经历了时光的磨洗和历史的积淀后，就变成了醇和。北京最让人心仪的就是它那醇和的气派。上海的可人之处，则在于它不但有开阔宏大的气派，也有平易近人的雅致。那就是市民生活的雅致。一般地说，上海市民的生活相对其他城市而言是比较雅致的。他们并不富有，但也不显得寒酸。当然，也只是不"显得"而已。比方说，居家，总有一两件像样的家具；出门，总有一两套像样的衣服；吃饭，总有一两道像样的小菜……数量不多，但很精到。这就是雅致了，或者说，是对雅致的追求了。北京没有这份雅致，因此北京的风格是大雅大俗的，上海却有一个广大丰厚的中间消费层，这就是上海的普通市民。他们无缘奢华，也不愿马虎。即便是家常小菜，也要精致一点；即便是路边小店，也得干净一点；即便是吃一碗阳春面，也要吃得文雅一点；即便是穿一件两用衫，也要穿得体面一点。这就是雅致了。有人说这是因为上海人要面子，宁愿吃泡饭也要穿西装。其实，它更多地还是体现了上海人对生活质量和生活方式的追求。何况上海人并不只吃泡饭，他们也吃生煎包子。更何况上海人的泡饭也不马虎，不是极好的朋友，他们还不会请你吃。

其实，从"三反五反"到"十年动乱"，一直在接受着"改造"的上海和上海人，小心翼翼而又坚忍顽强地守护着的，正是这一份雅致。它默默地雌伏在弄堂里，悄悄地弥漫在街道上，让人觉得不太对劲却又无可指责地体现在领头、袖口、裤脚、纽扣等细枝末节上，或者体现在用小碟盛菜、买两根针也要用纸包一下之类的鸡毛蒜皮上，不动声色却又坚韧不拔地维系着这个城市文化的根系和命脉。一些从北方南下而又比较敏感的人都发现，即便是列宁装和中山装，在上海生产制作的也有一种"上海味"。结果，同样的面料同样的式样，在上海人身上穿出了体面，在自己身上却显出了寒酸。秘密就在于上海的服装总是比其他城市的多了一份雅致，一种体现在裁剪做工等方面不经意流露出的其实是十分考究的雅致。

一般地说，气派的城市是不容易雅致的（如北京），雅致的城市又难得气派（如苏州），唯独上海，既气派，又雅致，这说明上海有一种非凡的品格。正是这种非凡的品格，使上海成为中国最了不起的城市之一。

(1999年10月29日第10版)

亲　情

殷慧芬

1969年的春天，16岁的妹妹初中毕业要到吉林去插队落户了。贴大红喜报、领军大衣、凭通知购买混纺毛毯……家里忙得不亦乐乎。女儿远行，母亲舍不得，暗暗垂泪，但终归是又一个孩子"出道"了，我们这个多子女的家庭还是洋溢着一股喜庆的气氛。按照上海里弄的风俗，左邻右舍都送了礼，不外是一条毛巾、一只手电筒、几块手绢之类的东西，母亲都让我用笔认真地记下来，说是以后要还礼的。这些五颜六色的东西全都放在一个大网袋里，逗得我和二姐艳羡地看不够。在所有的贺礼中，母亲和妹妹最期待的是舅舅的礼物。

属猪的舅舅年长我母亲一岁，住家与我们仅一条马路之隔。作为一个手艺高超的钳工，8小时之外舅舅爱好的是花鸟虫鱼。童年时代觉得舅舅家里简直是个乐园。性格泼辣的母亲说起舅舅的时候，常常会没头没脑地嘀咕一声：老猪猡。我猜想他们年少时也和我们一样淘气，爱起绰号。和所有老一代的上海移民一样，他们有不少亲属都在乡下，舅舅是母亲在上海唯一的亲人，按照传统的说法就是"娘家人"，因此母亲常念着舅舅。我至今还记得那次母亲差我送二两高粱酒给舅舅的事。酒是装在平常的玻璃杯里的。正是严重困难时期，酒和粮食同样稀罕，母亲起早摸黑地排队等候，才侥幸买到这二两酒。我小心地捧着酒杯去舅舅家。舅舅住的是石库门老屋的三层阁。我最喜欢走舅舅家的楼梯，狭长陡峭，尤其是下楼梯的时候，飞一般地下来，剩最后三四级的时候，抓住门档一跃而下，是我最喜欢表演的绝技。那天我上楼如履平地，滴酒不洒。爱喝酒的舅舅欢天喜地接过酒杯放在饭桌上，就忙着去厨房找下酒的菜了。后来才知道为了这二两酒，舅舅和舅妈差点打起来。原来不知情的舅妈以为那是杯剩水，随手就泼了。舅舅知道后急得双脚跳，不幸之中的大幸，那酒是泼在一只干净的洗脸盆里的，舅舅小心翼翼地把酒重新倒回酒杯里，只是其中的点滴损失令舅舅连连称憾。

舅舅关心着我们家的一切，他不时应母亲之需解囊借钱，以解我家的燃眉之急。记得大哥大姐先后参军的时候，他送的是英雄金笔，大哥大姐的同学们看了都眼睛发亮。因此母亲和妹妹的期待虽然是无言的，明眼人如我还是看得明明白白。

那天黄昏，舅舅下班后来看了看，关照妹妹说，明天舅妈带你去四川路买东西。妹妹喜欢得一夜不眠。第二天舅妈来叫了妹妹出门，我们在家里等待着。我们一次次猜想着舅舅的礼物，会不会是一双时兴的塑料底布鞋？塑料鞋底耐穿防水，洋气漂亮，比妈妈做的鞋子强多了；或者是一条尼龙花巾，冬天的时候围在脖子前，是那时候的上海姑娘最流行的装饰。大半天后，妹妹乐不可支地捧着一件漂亮的花格子衬衫回来了。衬衫布料十分厚实，价格是9元8毛钱，是寻常衬衫的二三倍。老天，我们全家7口人每天的菜金是5毛钱，星期天改善伙食是1元钱，这9元8毛钱对我们意味着一种奢侈。全家人把这件衬衫翻来覆去地欣赏不已，我们后来才知道妹妹对我们隐瞒了重要的内情：当初舅妈答应买这件衬衫的时候，说原先的计划是花5元钱，超支的部分、还有布票，你要跟姆妈要的。妹妹为了得到这件衬衫一口应承，回家后她自然不敢说，到时候竟一走了之。也亏得是妹妹有这份魄力。

逃得了和尚逃不了庙。妹妹走后舅舅就来"讨债"了。他吞吞吐吐地支吾了很久，母亲总算听明白了事情的原委。舅舅的意思是超支的钱就算了，但是布票是一定要还的，家里小孩多，布票比钞票还要紧张。舅舅来的那天正是妹妹出发去吉林的时候，我们全家都去车站了，只有母亲因为受不住送别的场面，独自留在家里哭泣。舅舅竟撞在这个时候来说一桩不合时宜的事，母亲的愤怒是可想而知的。她当即就痛骂了一顿赶走了舅舅。晚上母亲意犹未尽，和父亲凑齐了9元8毛钱，逼我揣着钱和5尺布票连夜去还给"老猪猡"，说是人穷志不短。

我重新又走上了那狭长而陡峭的楼梯。我永远忘不了当时那种复杂的心情：愤怒、耻辱、遗憾、留恋……因为我知道我再也不会跨上这道带给我无穷快乐的楼梯了！

这以后有整整5年，我们两家互不来往，形同路人。随着岁月的悄悄流逝，两家才慢慢恢复了走动。心灵手巧的老舅还时不时地亲手做了精致透明的小盒子，装了会鸣叫的金铃子，送给我们的孩子，给我们带来了似曾相识的童年感觉。两年前母亲重病住院，74岁的老舅隔三差五地去探望，他嫌医院电梯要等候，情愿迈动老腿一层一层地爬到11楼病房。那时候的母亲已经说话困难了，但是我清清楚楚地听到她嘀咕了一声：老猪猡。看着这对老兄妹默默相对，我想，那恼人的票证已经消失了，永远不会消失的是血缘的情感。

(1998年12月23日第16版)

上海文明如是说

余秋雨

1992年初春,上海文化领域有一件事情值得今后记忆:面对着上海和外地的两部电视连续剧,千万普通的上海人在比较中同时萌发了评论意识,从电视机前站起身来大声放言,各家报纸慷慨地让出篇幅,一切公共场所也都议论滔滔,形成了一种未曾预料到的文化反馈热。这件事的意义,不在于为哪部电视剧作了什么裁决,而在于标志着上海这座城市文化自控机制的出现，很值得高兴。

这场评论具有明显的上海特色，可以说是上海文明一闪现。为此，我愿意多谈几句。

首先，这是一种自发的民间评论。作为评论对象的两部电视连续剧都有很高的收视率，都不妨称之为"民间艺术"或"市井艺术"，这就把评论稳定在一个比较亲切的范畴之内了。我们有些名目堂皇、旨在邀功评奖的艺术活动和剧目制作常常与广大普通观众关系不大，按照上海人的心理习惯，也就懒得去理了。因此，哪部作品一旦成为市民们的话题，不管是褒是贬，都足以证明它与这座城市产生了某种亲和关系，可惜这样的作品至今还不是很多。领受这种上海式的民间批评也需要做一些特殊的思想准备，例如这种批评往往着重于审美直觉，即便水平不低也不会细致解析，更不会在什么倾向和观念上大做文章，因此很少有反驳和论争的可能——谁有本事去反驳无数普通人的直觉呢？

其次，这是一种呼唤文化品位的评论。上海文明的一大特色就是市井世俗与文化品位的奇妙组合，上海的民间评论也总是在这两者之间起制衡作用。上海当然也有大量趣味低俗的人，但作为现代城市人连他们也不愿在场面上失去档次，而文化就是一种联结众人的场面上的事。因此，即便在那些世俗性最强的艺术门类中，最受上海市民欢迎的演员历来也总是具有一定品位的，这与内地一些小城市有很大的差别。我由此而联想到大海，大海接纳百川而构成了一种大规模的自身运动，又由于自身运动而获得某种净化。上海就是这样一个海，因其无限量的汇聚而涌卷出了高度，冲刷出了品位。于是，人们在要求上海电视剧加强民间世俗性的同时又要求它提高文化品位，两个看似矛盾的要求在上海文明中却是力求平衡的。上海人愿意看看在这两方面获得勉强制衡的东南亚社会伦理剧和欧美的家庭轻喜剧，就是这个道理。人们这次所批评的那部神话电视连续剧因文化品位上的严重迷乱而引起普遍不满，但它毕竟又具备某种民间性和可看性，因此收视率和批评率都高。大家一边看一边摇头，摇了头还是看下去。了解了这种情景，电视工作者就不会拿着收视率来抵拒批评，把双向组合的上海文明撕裂开了。

　　第三，这又是一种心态比较通达的评论。众所周知，这次在对比中获得上海市民赞扬的是北京的一部室内剧。平心而论，这部室内剧还显得有点粗糙和忙乱，每一集的水平也不平衡，贯注于全剧的"北京侃爷"风味更不是上海市民所熟悉和习惯的，但上海终究是上海，连一般市民也迅速地发现了它的超逸和机智，有趣和辛辣，甚至还进一步发现它相当尊重观众的品位，相信观众有能力欣赏丑中之美，领悟机巧背后的意味。结果，当影视圈中某些人还在不无酸涩地对它斜视的时候，普通市民却已把它当作了公共汽车上欢快的话题。上海人可爱的通达就在这里，不管是上海还是外地的，不管自己原先习惯不习惯，喜欢上了就没有任何心理障碍。这就使他们大体上保持着一种比较正常的艺术大感觉。本来，上海文明就有一种宽厚的容纳度量，这座城市历来就是全国文学艺术家来来去去、升沉起落的流通码头，从来不受行政区划的框范。如果上海一直采取自以为是、盛气凌人的地方保守主义态度，那么除浦东说书的外可能再也没有更多的上海艺术文化了。

以上所说的三个方面，是上海心态积极面的一种投射，由此产生的民间评论，远比近年来报刊上触目皆是的随口捧场和那些艺术感觉苍白陈腐的学究式呓语都更有价值。恕我直言，与这种比较健康的民间心态相比，我们上海的艺术创作队伍却常常较多地暴露出上海心态的某些消极面。例如，颇有一些创作人员缺少一心为观众、为艺术的质朴追求，热衷于做好大喜功、热热闹闹的浮面文章，或者百无聊赖地期待着突然机遇，或者听到风就是雨地追赶着艺术之外的时尚，满腹牢骚却也看不到什么人格操守，怀才不遇却又未必掩藏着多少锦绣文章。结果，上海虽然拥有一支堪称庞大的艺术队伍，但广大普通观众能从他们那里看到的称心作品实在太少太少。如果无心于大众是因为在进行着高层次的修炼那倒也罢了，但实际情况未必如此。例如，眼前这部标明神话剧的电视连续剧，虽然筹备数年，耗资惊人，然而忙碌的编导人员似乎对现代神话学常识和与之相呼应的寓言象征等都完全不摸边际，这毕竟太说不过去了。这种下又下不去、上又上不来的浮薄习气，便是上海心态消极面的集中表现，也是上海艺术文化长期上不了更高层面的重要原因，亟须强健的批评机制来鞭策。

在此我想专就电视文化再说几句。电视文化由于无可比拟的辐射面和渗透力称雄于世，从创作条件到作品成活率在整个文艺界都是最优越的。电视剧创作人员还有一种特殊的幸运：他们用不着像舞台演出那样当场领受观众的厌烦、喝倒彩、退场，即不存在短兵相接的"失败体验"。但正因为如此，电视艺术家也就容易陷入一种盲目自信的失控状态，一部一上来就拍拧了的片子也会逶逶迤迤几十集拖下去，这又未必是幸事了。当场的"失败体验"虽然峻厉却是一所学校，曾快速地造就了一大批极受观众欢迎的戏剧大师；电视文化失落了这所学校，所以尽管蓬蓬勃勃发展了几十年却数不出几个真正的电视艺术大师。失学应该补课，电视界理应饥渴地倾听社会批评。更何况从观众一面来说，那么多的人把一个个夜晚寄托于荧屏，像春节电视晚会几乎是大半个中国的数亿人众把甜滋滋的节庆喜悦都贴附在电视机上了，如果还不让大家看过之后评说评说，连起码的社会道义都说不通了。我最不耐烦那种借口"众口难调"而把广大观众的意见打发掉的态度。抱怨"众口难调"就不要来搞艺术，古今中外的艺术大师们都没有发出过这种抱怨。其实这次自发的民间评论已经证明，在许多基本的艺术感受上倒可以说是"众口一辞"的。

电视文化建立健全的反馈机制的基地当然还是在大城市。在这方面，上海理应走得更前面一点。我相信，在这种需要万众参与的宏大机制中，一种无形的文化自控力会逐渐形成，本世纪以来仅仅靠书报杂志、街谈巷议建立起来的上海文明会呈现更大的积极性和生命力，使上海人的素质和上海电视文化的素质双双受惠。

这座城市的艺术文化终究是有希望的——上海文明如是说。

（1992年3月12日第7版）

杯中月

喻 军

我的少年年代是在打浦桥附近的弄堂里度过的,住的是私房,有两层。底下住着外婆、外公、舅舅他们。二层则是我和父母兄弟的所在了。好在二层有块不足10平方米的阳台,除堆放些杂物外,便是可以活动的区域了。每到夏季的夜晚,一大家子为避屋内的燥热,纷纷搬了椅凳上阳台来,中间支一张桌,上有沏好的茶水,而后便听得蒲扇哗哗地造着凉风。一家人在那儿边纳凉边闲话。如果天气还好，即有黄澄澄的月挂在不远处，端起茶杯，便也见它在杯底漾动。

不知不觉到了我成人的年龄，这份宁静祥和就被打破了。先是一座、后是一片楼宇伴随着钻头钢筋和土方车的轰隆，而一天天长高。不仅把阳台遮了，也把月亮给藏了。后来母亲的单位给增配了两居室，在闹市区，离外滩不远，便喜滋滋搬去住了。并不是独立门户，而是煤卫合用的三户一单元。也不是什么新楼，是在原先三层楼顶上加的层，已然是旧房的模样。正因了加层，较不规整，也便有了南北两排房中间的空地，白天自然可作路走，晚间自然也用作公共阳台了。那时多数人家还装不上空调，用风扇又有碍节俭，加之顶层楼板隔热性能差，所以一到夏天的傍晚，各家都腾挪饭桌上了阳台。汉子都赤着膊，边啜啤酒边摇扇子，孩子便四下里乱窜，体验着放风似的快乐，再小些的，由母亲奶着。老人们冒着汗从厨房里端出一盆盆菜。吃到月亮能显出形来的时候，也就差不多了，各家收了餐具和可折叠的桌子，鱼贯入屋，于是阳台就又静了。

过不大会儿,夜就深了,月光一路奔来我的窗前。此时的我俨然一个诗痴,常为几行文字在那里搜肠刮肚、绞着脑汁。若有佳句,便从眼里显出灵光,笔也就沙沙如细雨地泻着;若总是败笔和不得要领的文字在纸上僵着,便茫茫然一头雾水。于是寂寞袭来,于是愁绪上来,于是便不自禁地被月光牵上阳台,对着夜空仿佛一次次看见李白幽秘的眼神,李白啊!你也听得见我无声的浩叹吗?

这段追梦的年龄,就在文学的海洋里悠悠地飘过了,月光也随之消失了。一座40多层的巨物,就在马路对面相距7米开外的空间处拔地起了,非但把我的窗子变成聋子的耳朵,月亮也就此躲了。我怎么举杯也邀不见它了。

流年似水,把我送上了三十好几的大龄,我又一次迁居了。这边小区还算僻静,房型也算过得去,尤其是我独喜那厅门外的半月形阳台,足有5平方米,站上去就能眺望远处的东方明珠塔及金茂大厦。这两座建筑在上海是标志性的,居然让我的新家一并呼应了。

当初购房的考虑之一也在于此，但不光是两座建筑的缘故，美的是月亮每夜又来见我，泛着光晕，张着翅膀，扑腾腾就上来了。

哪知此等美感不多久就又没了。三五座交相争高的楼房又不知何时悄悄地起了，不仅切断了我朝向东方明珠塔及金茂大厦的视线，又紧跟着把月亮赶走了。我常愣愣地站在阳台上，对着那幢幢黑影，怀想着它的去处，以及我和它断而又续、续之又断的缘分。不知将来我是否还会迁居，是否还能把月揽在怀里、放在梦里那般地亲近啊！

我的月亮向我告别了，我的杯中也有些寥落了，虽然我还能时时地从别处遇着你，但你似乎改了面貌，少了气韵，就不像我的了。

我自家的月亮虽然向我别了，但每一次都是因为这座伟大城市的太阳升起了！

（2002年1月19日第8版）

柯灵老人的"孤岛"情

袁 鹰

柯灵老人于炎炎夏日中驾鹤远行,去到那个岑寂的清凉世界,文艺界同声悲恸,上海的朋友们更感到哀伤。老人几乎与世纪同龄,一生的大部分岁月都在上海度过,亲眼看见亲身经历这个大城市100年来的沧桑巨变。20世纪90年代初,有一度我小住永福路上海电影厂文学部,3楼上有老人借用的一间写作室,他每天上午必定从寓所信步前来,闭门写作。我上楼去看望时,他讲述着手写《上海百年》巨著的打算,又担心可能来不及完成这部长篇,对不住上海。我劝老人不妨推辞一些不相干的访问、索序之类的应酬,以便集中精力和时间。他微微苦笑,无可奈何地摇头叹息:"有的推也推不掉,没有办法呀!"10多年前一本杂志的封面刊载过他的一张全身照片,背景可能就是寓所前的复兴西路上,满地萧萧黄叶,柯老披一件夹大衣,敛眉凝目,若有所思。这是我看到过人物肖像中最好的一幅,好就好在相当准确地表现了老人晚年的心境,而又给人以深邃苍凉、余意不尽的美感。

近日拜读徐开垒、何为二位老友悼念柯老的文章,他们都是60年前"孤岛"年代在柯灵同志提携下起步文坛,感情自然更加深切。回溯上海抗日战争时期特别是"孤岛"时期的文学,必定离不开柯灵的名字。在那一面是荒淫无耻、残酷迫害,一面是严肃工作、默默献身的年代中,他编辑的报纸副刊和杂志上,从《文汇报》的《世纪风》、《大美报》的《浅草》、《正言报》的《草原》到上海完全沦陷后的《万象》,在硝烟和屠刀闪光中,冒着生命危险,苦心经营,保持一点正气,给读者送去清新、健康的精神食粮，同时又培养了一批年轻有为的文坛新人。为此遭到敌人的残害，身受牢狱之灾，但是他安之若素，在腥风血雨中保持一个爱国文人的气节和良心。"孤岛"4年岁月，在他90年生命中仅仅是短促的一段，却是最不平凡最堪追忆回味的一段。近20年来，他对"孤岛"时期文学的回忆著述，对"孤岛"时期文献史料的关注，耗费了许多心血。他在《上海"孤岛"文学回忆录》一书"小引"中说过："思想领域没有真空，感情领域没有真空，人民的心没有真空，表达人民心声的文学也没有真空。因此盛世有文学，衰世有文学，甚至在外国的侵凌和统治下也有文学。"从《孤岛风云》《魔鬼的天堂》《晦明》《浮尘》和《记郑定文》《爱俪园的噩梦》《遥寄张爱玲》那许多文章中，都能体会到他当时的艰难处境和苦涩心思。

我藏有他15年前的一封信：

袁鹰同志：

　　昆山别后，曾于荧光屏上一睹丰采，知有获勋之荣，谨以为贺。

阿英同志在"孤岛"时期所编《文献》，最近在上海书店影印出版。因为该刊刊行，正当国共合作抗战初期，除了大量党内文献，还有蒋介石的文告之类，书店责成我作一前言，向读者稍作诠释，并表示希望在《人民日报》一刊，借收荫护之效。兹随函寄呈审读，不知可行否？

专上，并叩

撰安

柯灵上

1985.4.19

"孤岛"时期，北京路河南路口有一座古旧的通易信托公司大楼。楼上有一层是上海政法大学新办的新闻专修科，讲课的多是地下共产党员和文化界进步人士，阿英同志是主持人之一，毕业的学员，后来不少成为新四军干部。阴暗潮湿的地下室，就是阿英手创的风雨书屋，不但编辑期刊《文献》，还印行和保存了珍贵的革命史料。由于阿英的努力，毛泽东著作得以在上海公开发行,还流传到香港和南洋等地。柯灵写道:"风雨如磐,起惊雷于无声,唱荒鸡于寒夜,这地下室是惨淡经营的,就是这艰难的千秋事业。"《文献》只出了8期,就被迫停刊。但是它刊登了1938—1939年间抗日战争的概况包括政治、军事、经济、文化、社会生活、群众运动乃至国际风云、敌伪动静、沦陷区百态的许多材料,包罗万象,特别是用大量篇幅刊载重要的抗战文献,既有毛泽东的重要言论,也有蒋介石的文告。这种做法,在当时租界当局禁止明目张胆宣传抗日的"孤岛"上,具有极大的战斗意义。《赘言》最后有这样一段话:

"惊涛骇浪的世局,已成过眼云烟,但前因后果,互相牵连,秦时明月,汉室江山,吴宫花草,晋代衣冠,渺远的过去,都在炎黄子孙的血管里一脉相延,因为昨天今天明天,是一条永远剪不断的链环。史迹可贵,文献足珍,其故正在于此。"

可惜,这篇言近旨远、语重心长的《赘言》当时因故未能在报上发表,有负柯老期望。作为编者,我深感愧疚。浙江文艺出版社1994年出版的《柯灵散文精编》中收有《赘言》全文，喜爱柯灵散文的朋友可以从中领略他那一份浓郁的"孤岛"情。

回想"孤岛"年代，作为一个中学生，我最初读到那时出版的散文集，就是柯灵先生的《望春草》，薄薄的精致的小开本，一读之下，爱不释手。作者在"前记"中说："……在这样的时代，我也还只能在'孤岛'上平凡猥琐地活着，说来又岂止惶愧！但对于人世，我也有欢喜，也有悲愁，也有激动和愤怒；因此有时也不免漏下一声赞叹，一丝感喟，我是一下低弱的叫喊，而多数却像舟人之夜歌，信口吹来，随风逝去，目的只为破除行程的寂寞。"实际上，就从那时期开始，柯灵已经自觉地成为"孤岛"年代文化艺术战壕中一名奋勇的战士，在他和他的同伴们坚守的报纸副刊、杂志、话剧、电影等岗位上，向强暴邪恶的势力进行坚韧不拔而又灵活巧妙的战斗，在暗雾迷茫、狐鼠横行的荆棘丛中响起号角，带来曙光。他们的战绩值得后人永远记住。柯老在前文提到的阿英，更是一位既富有战斗经验又有满腹文才的出色指挥员。今年又值阿英同志诞辰一百周年,6月29日在首都人民大会堂安徽厅还举行了纪念他百年诞辰和《阿英全集》首发式的活动,谨此顺便表达对这位前辈的缅怀。

(2000年8月7日第12版)

最是长相忆

——四川北路的文化记忆

张广智

近作小诗《相忆》如下:"同饮一江水,形影难分离。闲坐话往事,最是长相忆。"说的是我与四川北路的牵念与思连,她好像成了一位与我难分难舍的好朋友。蓦然回首,在整整70年间,时光所编织的"四川北路情结",岁月所积淀的不灭的文化记忆,一直留存在我心间。

　　小时候,我住在闸北,当时那里还多穷街陋巷,文化设施薄弱,我平生第一次看电影,就与四川北路结了缘。一天,母亲放工回来,手里拿着一张厂里工会发的电影票。我乐不可支,揣着票子步行,由虬江路往四川北路,行至海宁路左拐走百步,就到了我要找的国际电影院。进得院内,看到大厅墙壁上挂了多幅当时苏联电影明星的照片,记得有邦达尔丘克、玛列茨卡娅等。作为20世纪50年代的风尚,电影院放的尽是苏联电影,我这次看的也是苏联影片《金星英雄》,邦达尔丘克主演。之后,我还到这里看过由玛列茨卡娅主演的《乡村女教师》。这两部电影与我的青少年时代,连同四川北路彼时的繁华印象,一直储存在脑海中。

　　1959年,我进复旦大学念书,与四川北路之缘却在延续。大学当时还属宝山县地界,周边文化设施不足,学校礼堂虽然周末有电影放映,也有些演出(如校话剧团1962年秋在登辉堂演出话剧《红岩》深受欢迎,后还移至四川北路桥堍的邮电工人俱乐部礼堂公开售票对外演出，风光了一阵子），但此时予我个人更多的，是四川北路的文化牵引——这里说的主要是买书。

说起四川北路上的书店，只有三家，虽不密集但分布均匀。先说一南一北各一家，这两头的新华书店很有来历，南头854号是商务印书馆虹口分店，陈云同志于1925年到1927年曾在这里工作过。北头（山阴路口）的新华书店，其隔屋原是著名的内山书店旧址，20世纪30年代曾是鲁迅、左联作家与日本进步人士内山完造交往活动的场所。每当我在这家书店选书浏览的时候，总觉得身后仿佛有一双眼睛望着我，深邃而慈祥——感觉那是鲁迅先生的目光。再说第三家，是四川北路中段（武进路南）的旧书店。检点现在家内的藏书，旧平装版的"万有文库"（史学类）和"大学丛书""良友文学丛书"等大多是从这家旧书店及福州路总店淘来的。这里还得插叙一句，大学毕业后，我于1964年秋入历史系读研究生，当时国家除每月发给每人44元生活津贴外，每年另可报销120元购书款，这大大刺激了我们这些研究生的"购书欲"。现今翻看那时买来的书，真是"价廉物美"啊，比如由王造时先生译的黑格尔《历史哲学》（今学界公认三联的王译本乃译此书的善本）售1.4元，耿淡如师于1933年翻译的《近世世界史》精装版894页，只有0.80元。呵，太便宜了吧！当时购到时的雀跃之状犹在眼前。

城市随岁月而变迁。从后来风暴初起，至春风骀荡的20世纪80年代中期，我与四川北路有了零距离的接触。是的，我在此安家了。住房是妻子单位分配的，在四川北路末端的润德坊，那是一种很典型的旧式石库门房型，按原来设计是一门一户，但在一个号中却住了四家。进门有一个小天井，墙边有水斗，是底楼人家用的，底楼的一间厨房已被底楼住户独用；二楼亭子间住的是一对新婚小夫妻，吃喝拉撒全在贴隔壁娘家；三楼有一对老夫妻住着，在二楼拐角处的一小间，是他们家厨房。我们住二楼，房间顶好，但搬来后发觉公用部位皆有归属，这种归属无形之中也就有了正当性。民以食为天，后来我们不得不在二楼过道处也装了煤气，这自然给三楼人家上下带来不便，但他们也无奈地接受了。然而这里人家最苦恼的却是没有抽水马桶,每天清晨都被清晰的"倒马桶"声惊醒。不过,在那时我们有了这个家就一切都好,这些缺欠就都不在话下了。

在润德坊,我们足足住了18年。平头百姓,市井生活,印象深的可记下几件——

买米。当时还需购粮证,粳米每月限量,得到定点的多伦路粮店去买,自带米袋。我每次买30斤,限购的粳米与籼米由店员搅和,装满一布袋,肩上一扛就回家了——当时我力气也蛮大的。

购物。去四川北路南端的中百七店,经现今沪上年轻人都知晓的甜爱路,越长春路、海宁路就到,这家总能满足我各种购物需求,所以很少去南京路或淮海路的店。

泡开水。同心路口有家老虎灶,要先买好竹签子,我通常打两瓶开水。因为用过一阵煤油炉,烧水不便,便去那里泡开水,自装了煤气之后就不用再去老虎灶泡水了。

看病。儿子出生后，既给我们带来了欢乐，也增添了不尽的劳累。孩子体弱常发热，我们就抱着他去四川北路（近横浜桥）的第四人民医院（现为市一医院分院）看病，因为常常要挂水，有时忙活一个晚上都不得安宁。

忝列于"文化人"的我，对四川北路还真是蛮感恩的。还说看电影吧，离家近的有永安电影院和虹口区工人文化馆（大礼堂也常放电影），再走几步就是群众剧场（剧影双栖），再过去就到国际电影院那里的影剧院群落了，有胜利电影院、解放剧场和虹口大戏院（现已消失），这四家之间的距离都只有百步之遥。还值得一提的是四川北路的红星书场，在20世纪五六十年代与当时沪上著名的大华书场、仙乐书场、西藏书场等齐名，我曾在这里听过书，欣赏过蒋调的淳厚和洒脱、丽调的清丽和委婉。

走得勤的自然是去四川北路邮局寄邮件。我那时也蛮拼的，说要把失去的时间夺回来，查点当时的学术记录，也确实写了不少文章，于是便隔三差五到那家邮局寄发。去多了，营业员也认得了我，知道复旦的一位老师又来寄文投稿了,而我怕文稿遗失,多寄挂号,更加深了他们的印象。

住在润德坊的时候,去得最多的当数虹口公园(1988年移名为鲁迅公园)。记得那时进公园还要买门票,我与儿子各买一张公园月票(每张5角钱),每天一大早就去公园跑步。家距虹口公园近在咫尺,只消二三分钟就可到达,来回均穿梭隔壁的亚细亚里,必经李白烈士故居,就给孩子说李白的故事,让他知道由孙道临主演的国产影片《永不消逝的电波》的原型就在我们这里。

20世纪80年代中期,我进入学校排队分房的行列。终于要搬家了,一辆大卡车搬走了一些家什与一大堆书,但搬不走的却是对老屋的眷恋与思念,和那留驻在记忆中的馨香。如今,每当我路过四川北路2330弄那熟悉的弄堂口时,就不由自主地望着弄口门牌上方刻出的醒目的"A.D.1924",这老屋比我出生还早15年啊!

就算在杨浦区学校附近安家后,我的"四川北路情结"仍在延续。比如,大凡学术界朋友来看我,我都会陪同(或推荐)他们去四川北路逛逛,去鲁迅公园一游。1927年10月，鲁迅先生自广州到上海后，就一直在四川北路一带活动，后定居在山阴路大陆新村，引领左翼文化运动，谱写了生命晚年令人难忘的篇章。前两年，鲁迅公园经过大修丰富了"鲁迅元素"，变得更好看了。夏日某天，我陪友人出游四川北路，上午去了鲁迅公园，参观纪念馆，谒墓地，访故居；午饭后，来到了多伦路名人文化街。说时迟那时快，闷雷，迅电，随即大雨倾盆而下。避雨间歇，我说起了过去在多伦路粮店买米的事，友人笑了；又连带说起住润德坊时早晨每每忍受那声声吆喝，友人又笑了，迅即追问："现在咋样？""不一样了，前些日子我去过老家探望，邻居们都说早就挨家挨户地装上了抽水马桶，还装上了简易淋浴房……"友人连声说："那就好，那就好！"

　　闲谈之间，雨停了，大雨把个多伦路冲刷得干干净净。也许是因了雨，也许未知，名人文化街的游人稀少，靠近入口处的基督教鸿德堂晚祷声尚未响起，地摊即收了，古玩字画之类的商店还开着。我有意寻找的那家粮店，当然也消失得不留踪影了。此时，多伦路显得出奇的安静。我与友人一路走着,流连忘返于路两旁多样的建筑群。左联纪念馆、中华艺术大学学生宿舍、孔公馆和沈尹默、王造时故居等,都是民国时期留下来的优秀历史建筑,如今都在门前铭牌示知。一路寻访当年鲁迅、瞿秋白、郭沫若、茅盾、丁玲等文学先驱留在这里的历史印痕,那种光风霁月的文学旅程、革命生涯以及那些建筑,就成了破译四川北路文化记忆的密码。这是一座历史档案馆,值得后人好好保存与传承下去。

一路走着,已夕阳西下,余晖洒在屋上、树上、路上、脸上,闪现出雨后的明澈,落霞的美丽。回望四川北路,夜将临,灯微暗,繁华缓缓远去,冷清渐渐弥漫,然假以时日,它必将在转型的阵痛中"浴火重生",重现光华,而此刻在我脑海里翻腾的依然是它的文化记忆,最是长相忆!

(2017年2月2日第4版)

上海的春夏秋冬

赵丽宏

春：鸟儿从哪里飞来

一个住在市区的朋友欣喜地告诉我，他家的阳台上，飞来了燕子。两只燕子天天在他家的阳台上飞进飞出，从窗外的树林里衔来了泥和草，在阳台顶部的墙壁上垒起了一个小小的窝。朋友小心翼翼地观察着燕子，唯恐惊扰了它们。在春天的暖风中，人和燕子相安无事，燕子在朋友的眼皮底下过起了它们的小日子。燕子在小巢里生蛋，孵出了小燕子。燕子父母早出晚归，为儿女觅食；小燕子在阳台下的巢穴里一天一天长大，最后跟着它们的父母飞出小巢，消失在城市的天空中。

朋友的欣喜，也感染了我。燕子在市中心的阳台上筑巢生活，以前难以想象。上海这座城市，过去在人们的印象中，是冷冰冰的水泥森林，是人声嘈杂、机器喧嚣的地方，天空中有飘扬的烟尘，除了麻雀，难得看见飞鸟的翅膀。现在，情景已经大不相同。当冬天告退，春天的绿意在大地和树枝上闪动时，鸟儿们从四面八方飞来了。麻雀们依然在一切它们可以飞抵的地方嬉闹，但它们已经不再会感觉孤单。在这座城市里，可以看到无数种飞鸟的行迹，可以听到它们音调不同的鸣唱。

我书房的窗外有两棵樟树，那里就是鸟儿们春天的舞台。在闪烁的绿荫中，我看到了各种各样的飞鸟。白头翁、斑鸠、乌鸦、喜鹊、鹧鸪，还有很多我无法叫出名字的美丽的小鸟。它们的彩色羽翼，犹如开在绿荫中的花朵。它们有时匆匆飞过,在枝头停一下,又匆匆飞走;有时成双成对地飞来,躲在摇曳的枝叶间缠绵。它们的鸣唱,在春风里飘漾,是天地间美妙的音乐。我常常感到奇怪,这些自由的飞鸟,曾是城市的稀客,现在,它们是从哪里飞来?

我看着鸟儿们从我窗前的树荫中飞起来,看它们振动翅膀,优雅地飞向远方。远方,千姿百态的高楼参差林立,确实像是水泥的森林。这样的森林,当然不是鸟儿们的归宿,但它们竟然在这座城市中找到了自己的栖息之地。

夏:寻找清凉的风

很多人在感叹:夏天越来越热。

走在街上,看阳光透过树荫洒在地上的斑斓金光,希望能有几丝微风吹过,送来一点清凉。洒水车无声地开过,把凉水洒在发烫的路面上,只见水汽蒸腾。年轻人缤纷的穿着如彩色的浮萍,在热流中飘动。他们轻盈的脚步扬起微风,似乎是在炎热中寻求清凉。他们手中的可乐雪碧和冰淇淋,引起我对昔日棒冰和酸梅汤的回忆。可这些甜腻的冷饮无法驱逐人们心头的燥热。

年轻人手中拿着的东西,最多的不是冷饮,而是手机。几乎是人手一部,边走边说,边走边看。一部手机里,似乎隐藏着他们所有的生活,所有的悲欢哀乐,所有的好奇和希冀。然而手机绝不是防暑降温的用品,我听到那些对着手机大声喊叫的声音,感觉热风扑面。

离开地面,走到地下。上海人出行已离不开地铁。地铁在地下开得平静安稳,车厢里有空调,人虽多,但很清凉。有些情景,地上地下是一样的,很多人手里握着手机,说话,发短信,看微信,甚至还在手机上看电影。一个中学生模样的女孩,却拿着一本书,站在车厢里,静静地阅读,沉浸在书为她展示的世界里。我站在这个女孩身边,感觉到一股清风吹来。

其实,这个女孩并不是孤单的。在夏天,我曾经参加过这个城市举办的各种各样的读书活动。在图书馆,在学校，在居民社区，人们为书而集聚，为书而陶醉，读书在人群中蔚然成风。爱书的人，有孩童少年，有年轻人，也有老人。在每年一度的上海书展上，无数新书在等候着爱读书的上海人。在这里，可以遇见兴致勃勃的读者，也会遇到来自全国乃至世界各地的作家。

一个孩子在他的读书感想中这样说：读好书，就像是迎来一股清凉的风，吹进了我心，驱逐了我心里的烦躁……

孩子的话，在我心里引起共鸣。我们这个城市，风中有书香的气息，这让我欣慰。这样的风，不正是夏日里清凉的风吗？

秋：银色的激情

自然界的一年四季中，色彩最丰富的其实是秋天。秋天是成熟的季节，也是生命更新换代的季节，春夏的绿色，在秋风中千变万化，呈现出无数奇妙的颜色。在上海，也可以欣赏到大自然的秋景，只要有树，有绿地，有花草繁衍的地方，秋光便在那里烂漫。秋风起时，飘旋在风中的落叶，就像翩跹的蝴蝶，在城市的每一个角落飞舞。

空气中也有秋天的气息。那优雅的清香，是桂花的香味。在我的记忆中，从前的上海，只有去桂林公园，才能闻到桂花的香味。而现在，桂花的清香飘漾在我们这个城市的每一个角落。我不知道，这么多的桂树，是什么时候种的，种在什么地方。

如果人生也有四季，人生的秋季是什么颜色呢？有人说应该是银色，在城市里，到处可以看到银发的人群。不要以为这银色是凄凉的晚景，是寂寞和孤独，我发现，在这座城市里，进入秋季的人群，依然生机勃勃，对生活充满了激情。

早晨去公园，遇到的大多是银发老人。他们在唱歌，跳舞，打太极拳，朝霞把他们的银发染成一片耀眼的金红。他们中的很多人，在青年时代也没有这样激情洋溢过，到了银发时代，竟然都如苏东坡所唱："聊发少年狂"。我注意过老人们的表情，他们开朗乐观，目光明亮，他们用歌声，用优雅奔放的肢体语言，诉说着对生命的热爱。有一次，我被邀请去图书馆参加老年大学的诗歌朗诵会，朗诵者都是退休的老人，他们声情并茂地朗诵诗歌，朗诵散文，文学成为他们晚年的美妙伴侣。

这个城市，老年人已是人群的主体，如果老人在这里没有快乐的心情和幸福的生活，这个城市不会是一个可爱的城市。让人欣慰的是，秋光中，到处可以看到老人们年轻的身影，听到他们发自内心的歌声和笑声。这使我想起刘禹锡的《秋词》："自古逢秋悲寂寥，我言秋日胜春朝。晴空一鹤排云上，便引诗情到碧霄。"

冬：在天上俯瞰人间

在一个冬天的夜晚，我从国外归来。飞机的终点是浦东机场，空中的最后一程飞越了繁华的市区。从空中俯瞰我生活的这个城市，如同梦幻世界。

飞机在下降，我的额头贴着舷窗，视野中明晃晃一片。迎面而来的,是无边无际的灯光,墨色的夜空被地面的灯光映照得通红透亮。天幕之下,灯的江河在流淌,灯的湖泊在荡漾,灯的汪洋大海在起伏汹涌;地平线上,灯的丘陵逶迤,灯的峰峦相叠,灯的崇山峻岭绵延不绝。变幻无穷的灯光,用无数直线和曲线,用斑驳陆离的色块,勾勒出无数幅印象派的巨画……

从清寂的空中俯瞰人间的缤纷繁华,反差是何等强烈。灯光使我目眩,使我异想天开。这五光十色的灯光中,有钻石的璀璨、翡翠的文雅,有水晶的剔透、珍珠的皎洁,有琉璃的晶莹、玛瑙的温润……仿佛全世界的珍宝此刻都聚集在这里,会合成一个童话的世界,一个给人无穷遐想的天地。

灯光是什么?是人烟,是人的智慧和财富的结晶,是人的憧憬和向往的反射,是梦想和现实之间的美妙桥梁。灯光可以让人展开想象的翅膀,飞翔于理想和梦幻之间。灯光中发生的无数故事,也许正是把梦想变成现实的故事。而这些故事的主人,是今天的上海人。灯光中,大自然的四季失去了界线,即便在寒冷的冬天，也能从这一片辉煌璀璨中感受春的温情，夏的热烈，秋的清朗。

很多年前，我也有过夜晚飞抵上海的经历。在我的印象中，这是一个暗淡的城市，寥落的灯光使我沮丧，使我感受到我们和世界的距离。我眼前的灯海，大概可以和世界上任何一个大都市媲美。我走下飞机，乘车进入市区，灯光由远而近，从空中俯瞰时的那种神秘消失了，取而代之的是满目琳琅的耀眼，是实实在在的辉煌。

在亮如白昼的灯光中，我忽发奇想：如果我是200年前的一个渔人，每天夜晚，将一叶小舟停泊在荒凉的黄浦江畔，与我相伴的，是无边的黑暗，还有无尽的江涛。月黑之夜，手提一盏小小风灯，独坐在船头凝望夜色，但见天地如墨，火苗在风中摇曳，灯光照不出两三尺远，江滩芦苇将巨大的阴影投在我四周。这样的黑夜，只能蒙头睡觉。一觉醒来，200年倏忽过去，出现在眼前的，正是我此刻见到的灯山灯海，这时，我这个200年前的渔夫该如何惊诧？这将夜晚变成了白天的灯光,我连做梦也没有见过。面对这样的灯光,我大概只能断定,这是梦游,是梦中踏进了天堂。

人生如梦。能把梦境变成现实的人生,应是美妙的人生。在渐入佳境的灯光中,我想。

(2014年11月14日第19版)

精品栏目荟萃

《副刊面面观》（李辉　编）

《心香一瓣》（虞金星　编）

《纽约客闲话精选集　一》（刘倩　编）

《多味斋》（周舒艺　编）

《文艺地图之一城风月向来人》（孙小宁　编）

《书评面面观》（李辉　编）

《上海的时光容器》（伍斌　编）

《谈艺录》（刘炜茗　编）

《问学录》（刘炜茗　编）

《名人之后》（沈秀红　编）

《纽约客闲话精选集　二》（刘倩　编）

《编辑丛谈》（董小酷　编）

《本命年笔谈》（严建平　编）

《国宝华光》（徐红梅　吴艳丽　编）

《半日闲谭》（董宏君　编）

《云泥鸿爪一枝痕》（王勉　编）

个人作品精选

《踏歌行》（陈娉舒）

《家园与乡愁》（李汉荣）

《我画文人肖像》（罗雪村）

《茶事一年间》（何频）

《好在共一城风雨》（胡洪侠）

《从第一槌开始》（剑武）

《碰上的缘分》（王渝）

《抓在手里的阳光》（刘荒田）

《阿Q正传》（鲁迅）

《风吹书香》（冻凤秋）

《书犹如此》（姚峥华）

《泥手赠来》（黄德海）

《住在凉山上》（何万敏）

《老解观象》（解玺璋）

《犄角旮旯天津卫》（林希）

《歌剧幕后的故事》（薛维）

《色香味居梦影录》（姜威）

《走读生》（李福莹）

《回家》（朱永新）

《武艺十八般》（萧乾）

《一味斋书话》（熊光楷）

《收藏是一种记忆》（剑武）